Bartleby, the Scrivener
Bartleby, el escribiente

Herman Melville

Bartleby, the scrivener
Bartleby, el escribiente

Texto paralelo bilingüe
Bilingual edition

Ingles - Español
English - Spanish

texto en español, traducido del inglés por Guillermo Tirelli

Rosetta Edu

Título original: *Bartleby, the Scrivener*

Primera publicación: 1853

Primera edición: Junio 2023

Publicado por Rosetta Edu
Londres, Junio 2023
www.rosettaedu.com

ISBN: 978-1-915088-92-5

Rosetta Edu
Ediciones bilingües

Páginas enfrentadas

Páginas enfrentadas de la traducción y texto original en libros impresos.

Párrafos alineados en libros impresos

En libros impresos, los párrafos alineados entre los dos idiomas facilitan la comparación y la comprensión, ahorrando la necesidad de referirse constantemente al diccionario.

Párrafos enlazados en libros electrónicos

En libros electrónicos la comparación y la comprensión son facilitadas por citas al pie colocadas al principio de cada párrafo enlazando el texto en el idioma original y su traducción.

Integridad y fidelidad

Traducciones íntegras, fieles y no abreviadas del texto original.

Cuidado del vocabulario

Traducciones especiales para ediciones bilingües, con especial cuidado por la hegemonía de vocabulario utilizando glosarios en el proceso de traducción.

Contexto educativo

Ediciones enfocadas a estudiantes intermedios y avanzados del idioma original del texto en libros coleccionables y aptos para el contexto educativo.

BARTLEBY, THE SCRIVENER
A STORY OF WALL-STREET

I am a rather elderly man. The nature of my avocations for the last thirty years has brought me into more than ordinary contact with what would seem an interesting and somewhat singular set of men, of whom as yet nothing that I know of has ever been written:—I mean the law-copyists or scriveners. I have known very many of them, professionally and privately, and if I pleased, could relate divers histories, at which good-natured gentlemen might smile, and sentimental souls might weep. But I waive the biographies of all other scriveners for a few passages in the life of Bartleby, who was a scrivener of the strangest I ever saw or heard of. While of other law-copyists I might write the complete life, of Bartleby nothing of that sort can be done. I believe that no materials exist for a full and satisfactory biography of this man. It is an irreparable loss to literature. Bartleby was one of those beings of whom nothing is ascertainable, except from the original sources, and in his case those are very small. What my own astonished eyes saw of Bartleby, *that* is all I know of him, except, indeed, one vague report which will appear in the sequel.

Ere introducing the scrivener, as he first appeared to me, it is fit I make some mention of myself, my employés, my business, my chambers, and general surroundings; because some such description is indispensable to an adequate understanding of the chief character about to be presented.

Imprimis: I am a man who, from his youth upwards, has been filled with a profound conviction that the easiest way of life is the best. Hence, though I belong to a profession proverbially energetic and nervous, even to turbulence, at times, yet nothing of that sort have I ever suffered to invade my peace. I am one of those unambitious lawyers who never addresses a jury, or in any way draws down public applause; but in the cool tranquility of a snug retreat, do a snug business among rich men's bonds and mortgages and title-deeds. All who know me, consider me an eminently *safe* man. The late John Jacob Astor, a personage little given to poetic enthusiasm, had no hesitation in pronouncing my first grand point to be prudence; my next,

BARTLEBY, EL ESCRIBIENTE
UNA HISTORIA DE WALL STREET

Soy un hombre bastante mayor. La naturaleza de mis ocupaciones durante los últimos treinta años me ha puesto en contacto más que de ordinario con lo que parecería un conjunto interesante y algo singular de hombres de los que hasta ahora no se ha escrito nada que yo sepa: me refiero a los copistas de leyes o escribientes. He conocido a muchos de ellos, profesional y privadamente, y, si quisiera, podría relatar diversas historias ante las que los caballeros de buen carácter podrían sonreír y las almas sentimentales llorar. Pero renuncio a las biografías de todos los demás escribientes por unos pocos pasajes de la vida de Bartleby, que fue un escribiente de los más extraños que he visto u oído jamás. Mientras que de otros copistas de leyes podría escribir la vida completa, de Bartleby no se puede hacer nada de eso. Creo que no existen materiales para una biografía completa y satisfactoria de este hombre. Es una pérdida irreparable para la literatura. Bartleby era uno de esos seres de los que nada se puede averiguar, salvo a partir de las fuentes originales, y en su caso éstas son muy reducidas. Lo que mis propios ojos asombrados vieron de Bartleby, *eso* es todo lo que sé de él, excepto, ciertamente, un vago informe que aparecerá en la secuela.

Antes de presentar al escribiente, tal y como se me apareció por primera vez, es conveniente que haga alguna mención de mí mismo, de mis empleados, de mis negocios, de mi despacho y de mi entorno en general; porque alguna descripción de este tipo es indispensable para una adecuada comprensión del personaje principal que está a punto de ser presentado.

Imprimis: soy un hombre que, desde su juventud, ha estado lleno de una profunda convicción de que la forma de vida más fácil es la mejor. De ahí que, aunque pertenezco a una profesión proverbialmente enérgica y nerviosa, incluso hasta la turbulencia, en ocasiones, sin embargo nada de eso he permitido nunca que invada mi paz. Soy uno de esos abogados poco ambiciosos que nunca se dirigen a un jurado, ni atraen de ningún modo el aplauso del público; sino que, en la fresca tranquilidad de un acogedor retiro, hacen un cómodo negocio entre bonos e hipotecas y títulos de propiedad de hombres ricos. Todos los que me conocen me consideran un hombre eminentemente *seguro*. El difunto John Jacob Astor, un personaje poco dado al entusiasmo poético, no

method. I do not speak it in vanity, but simply record the fact, that I was not unemployed in my profession by the late John Jacob Astor; a name which, I admit, I love to repeat, for it hath a rounded and orbicular sound to it, and rings like unto bullion. I will freely add, that I was not insensible to the late John Jacob Astor's good opinion.

Some time prior to the period at which this little history begins, my avocations had been largely increased. The good old office, now extinct in the State of New York, of a Master in Chancery, had been conferred upon me. It was not a very arduous office, but very pleasantly remunerative. I seldom lose my temper; much more seldom indulge in dangerous indignation at wrongs and outrages; but I must be permitted to be rash here and declare, that I consider the sudden and violent abrogation of the office of Master in Chancery, by the new Constitution, as a—premature act; inasmuch as I had counted upon a life-lease of the profits, whereas I only received those of a few short years. But this is by the way.

My chambers were up stairs at No.—Wall-street. At one end they looked upon the white wall of the interior of a spacious sky-light shaft, penetrating the building from top to bottom. This view might have been considered rather tame than otherwise, deficient in what landscape painters call "life." But if so, the view from the other end of my chambers offered, at least, a contrast, if nothing more. In that direction my windows commanded an unobstructed view of a lofty brick wall, black by age and everlasting shade; which wall required no spy-glass to bring out its lurking beauties, but for the benefit of all near-sighted spectators, was pushed up to within ten feet of my window panes. Owing to the great height of the surrounding buildings, and my chambers being on the second floor, the interval between this wall and mine not a little resembled a huge square cistern.

At the period just preceding the advent of Bartleby, I had two persons as copyists in my employment, and a promising lad as an office-boy. First, Turkey; second, Nippers; third, Ginger Nut. These may seem names, the like of which are not usually found in the Directory. In truth they were nicknames, mutually conferred upon each

dudó en pronunciar que mi primer gran punto era la prudencia; el siguiente, el método. No lo digo por vanidad, sino simplemente para dejar constancia del hecho de que el difunto John Jacob Astor no me impidió ejercer mi profesión; un nombre que, lo admito, me encanta repetir, pues tiene un sonido redondo y orbicular, y suena como un lingote de oro. Añadiré libremente que no fui insensible a la buena opinión del difunto John Jacob Astor.

Algún tiempo antes del período en el que comienza esta pequeña historia, mis ocupaciones se habían incrementado considerablemente. Se me había conferido el buen y antiguo cargo, ahora extinto en el Estado de Nueva York, de Maestro de la Cancillería. No era un cargo muy arduo, pero sí muy gratamente remunerado. Rara vez pierdo los estribos y mucho menos me dejo llevar por una peligrosa indignación ante los agravios y los ultrajes, pero permítanme que sea imprudente y declare que considero la repentina y violenta abolición del cargo de Maestro de la Cancillería por la nueva Constitución como un acto... prematuro, ya que habría contado con un goce vitalicio de los beneficios, mientras que sólo los recibí durante unos pocos años. Pero esto es algo al margen.

Mi despacho estaba escaleras arriba, en el Nº... de Wall Street. En un extremo daban a la pared blanca del interior de un espacioso pozo de luz cenital, que penetraba en el edificio de arriba abajo. Esta vista podría haberse considerado más sosa que otra cosa, deficiente en lo que los pintores de paisajes llaman «vida». Pero si era así, la vista desde el otro extremo de mis aposentos ofrecía, al menos, un contraste, si no más. En esa dirección, mis ventanas ofrecían una vista sin obstáculos de un alto muro de ladrillo, negro por la edad y la sombra eterna; muro que no necesitaba catalejos para sacar a la luz sus bellezas acechantes, sino que, en beneficio de todos los espectadores miopes, se elevaba a menos de diez pies de los cristales de mi ventana. Debido a la gran altura de los edificios circundantes, y a que mis aposentos se encontraban en el segundo piso, el intervalo entre este muro y el mío se asemejaba no poco a una enorme cisterna cuadrada.

En el período que precedió a la aparición de Bartleby, tenía a dos personas como copistas a mi servicio y a un prometedor muchacho como oficinista. El primero, Turkey; el segundo, Nippers; el tercero, Ginger Nut. Pueden parecer nombres que no se suelen encontrar en la Guía. En realidad eran apodos, que mis tres oficinistas se conferían mutua-

other by my three clerks, and were deemed expressive of their respective persons or characters. Turkey was a short, pursy Englishman of about my own age, that is, somewhere not far from sixty. In the morning, one might say, his face was of a fine florid hue, but after twelve o'clock, meridian—his dinner hour—it blazed like a grate full of Christmas coals; and continued blazing—but, as it were, with a gradual wane—till 6 o'clock, P.M. or thereabouts, after which I saw no more of the proprietor of the face, which gaining its meridian with the sun, seemed to set with it, to rise, culminate, and decline the following day, with the like regularity and undiminished glory. There are many singular coincidences I have known in the course of my life, not the least among which was the fact, that exactly when Turkey displayed his fullest beams from his red and radiant countenance, just then, too, at that critical moment, began the daily period when I considered his business capacities as seriously disturbed for the remainder of the twenty-four hours. Not that he was absolutely idle, or averse to business then; far from it. The difficulty was, he was apt to be altogether too energetic. There was a strange, inflamed, flurried, flighty recklessness of activity about him. He would be incautious in dipping his pen into his inkstand. All his blots upon my documents, were dropped there after twelve o'clock, meridian. Indeed, not only would he be reckless and sadly given to making blots in the afternoon, but some days he went further, and was rather noisy. At such times, too, his face flamed with augmented blazonry, as if cannel coal had been heaped on anthracite. He made an unpleasant racket with his chair; spilled his sand-box; in mending his pens, impatiently split them all to pieces, and threw them on the floor in a sudden passion; stood up and leaned over his table, boxing his papers about in a most indecorous manner, very sad to behold in an elderly man like him. Nevertheless, as he was in many ways a most valuable person to me, and all the time before twelve o'clock, meridian, was the quickest, steadiest creature too, accomplishing a great deal of work in a style not easy to be matched—for these reasons, I was willing to overlook his eccentricities, though indeed, occasionally, I remonstrated with him. I did this very gently, however, because, though the civilest, nay, the blandest and most reverential of men in the morning, yet in the afternoon he was disposed, upon provocation, to be slightly rash with his tongue, in fact, insolent. Now, valuing his morning services as I did, and resolved not to lose them; yet, at the same time made uncomfortable by his inflamed ways after twelve o'clock; and being

mente, y que consideraban expresivos de sus respectivas personas o caracteres. Turkey era un inglés bajito y apocado de más o menos mi misma edad, es decir, no muy lejos de los sesenta. Por la mañana, podría decirse, su rostro era de un fino tono florido, pero después de las doce, en el meridiano —su hora de comer—, ardía como una parrilla llena de brasas navideñas; y seguía ardiendo —pero, por así decirlo, con una decadencia gradual— hasta las seis de la tarde, p. m., o por ahí, después de lo cual no veía más al propietario de la cara, que ganando su meridiano con el sol, parecía ponerse con él, elevarse, culminar y declinar al día siguiente, con la misma regularidad y gloria no disminuida. Son muchas las coincidencias singulares que he conocido en el curso de mi vida, y no la menor de ellas fue el hecho de que exactamente cuando Turkey desplegaba sus rayos más plenos desde su semblante rojo y radiante, justo entonces, también, en ese momento crítico, comenzaba el periodo diario en el que yo consideraba que sus capacidades para los negocios se veían seriamente perturbadas durante el resto de las veinticuatro horas. No es que entonces fuera absolutamente ocioso o reacio a los negocios; ni mucho menos. La dificultad era que solía ser demasiado enérgico. Había en él una extraña, inflamada, agitada y huidiza imprudencia en su actividad. Era imprudente al sumergir la pluma en su tintero. Todas sus manchas sobre mis documentos, las dejaba caer allí después de las doce, en el meridiano. De hecho, no sólo era imprudente y tristemente dado a hacer borrones por la tarde, sino que algunos días iba más allá y era bastante ruidoso. En esos momentos, además, su rostro llameaba con blasonería aumentada, como si se hubiera amontonado carbón al rojo vivo sobre antracita. Hacía un jaleo desagradable con su silla; derramaba su arena secante; al arreglar sus plumas, las partía todas en pedazos con impaciencia y las arrojaba al suelo con una pasión repentina; se levantaba y se inclinaba sobre su mesa, sacudiendo sus papeles de una manera de lo más indecorosa, muy triste de contemplar en un hombre mayor como él. Sin embargo, como en muchos aspectos era una persona muy valiosa para mí, y todo el tiempo antes de las doce, en el meridiano, era también la criatura más rápida y constante, realizando una gran cantidad de trabajo con un estilo difícil de igualar... por estas razones, yo estaba dispuesto a pasar por alto sus excentricidades, aunque, ciertamente, de vez en cuando, reñía con él. Sin embargo, lo hacía con mucha delicadeza, porque, aunque por la mañana era el más civilizado, es más, el más soso y reverente de los hombres, por la tarde estaba dispuesto, ante la provocación, a ser ligeramente imprudente con la lengua, de hecho, insolente. Ahora bien, valorando como valoraba sus

a man of peace, unwilling by my admonitions to call forth unseemly retorts from him; I took upon me, one Saturday noon (he was always worse on Saturdays), to hint to him, very kindly, that perhaps now that he was growing old, it might be well to abridge his labors; in short, he need not come to my chambers after twelve o'clock, but, dinner over, had best go home to his lodgings and rest himself till teatime. But no; he insisted upon his afternoon devotions. His countenance became intolerably fervid, as he oratorically assured me—gesticulating with a long ruler at the other end of the room—that if his services in the morning were useful, how indispensable, then, in the afternoon?

"With submission, sir," said Turkey on this occasion, "I consider myself your right-hand man. In the morning I but marshal and deploy my columns; but in the afternoon I put myself at their head, and gallantly charge the foe, thus!"—and he made a violent thrust with the ruler.

"But the blots, Turkey," intimated I.

"True,—but, with submission, sir, behold these hairs! I am getting old. Surely, sir, a blot or two of a warm afternoon is not to be severely urged against gray hairs. Old age—even if it blot the page—is honorable. With submission, sir, we *both* are getting old."

This appeal to my fellow-feeling was hardly to be resisted. At all events, I saw that go he would not. So I made up my mind to let him stay, resolving, nevertheless, to see to it, that during the afternoon he had to do with my less important papers.

Nippers, the second on my list, was a whiskered, sallow, and, upon the whole, rather piratical-looking young man of about five and twenty. I always deemed him the victim of two evil powers—ambition and indigestion. The ambition was evinced by a certain impatience of the duties of a mere copyist, an unwarrantable usurpation of strictly professional affairs, such as the original drawing up of legal documents. The indigestion seemed betokened in an occasional nervous

servicios matutinos, y resuelto a no perderlos pero, al mismo tiempo, incómodo por sus maneras inflamadas después de las doce, y siendo un hombre de paz, no queriendo con mis admoniciones suscitar réplicas indecorosas de su parte, un sábado al mediodía (siempre estaba peor los sábados), me encargué de insinuarle, muy amablemente, que tal vez ahora que estaba envejeciendo, sería bueno que redujera sus labores; en pocas palabras, que no necesitaba venir a mis aposentos después de las doce, sino que, terminada la comida, era mejor que se fuera a su alojamiento y descansara hasta la hora del té. Pero no; insistió en sus devociones vespertinas. Su semblante se volvió intolerablemente fervoroso, mientras me aseguraba oratoriamente —gesticulando con una larga regla en el otro extremo de la sala— que si sus servicios por la mañana eran útiles, ¿cuánto más indispensables, entonces, por la tarde?

«Con sumisión, señor», dijo Turkey en esta ocasión, «me considero su mano derecha. Por la mañana no hago más que reunir y desplegar mis columnas; pero por la tarde me pongo a la cabeza de ellas y cargo gallardamente contra el enemigo, ¡así!»... y dio un violento golpe con la regla.

«Pero las manchas, Turkey», insinué.

«Cierto... pero, con sumisión, señor, ¡mire estos cabellos! Me estoy haciendo viejo. Seguramente, señor, una mancha o dos de una tarde calurosa no es para ser severamente instado contra las canas. La vejez —aunque manche la página— es honorable. Con sumisión, señor, *ambos* estamos envejeciendo».

Era difícil resistirse a esta apelación a mis sentimientos. En cualquier caso, vi que no se iría. Así que me decidí a dejar que se quedara, resolviendo, no obstante, encargarme de que durante la tarde se ocupara de mis papeles menos importantes.

Nippers, el segundo de mi lista, era un joven de unos veinticinco años, bigotudo, cetrino y, en conjunto, de aspecto más bien pirata. Siempre le consideré víctima de dos poderes malignos: la ambición y la indigestión. La ambición se manifestaba por una cierta impaciencia ante los deberes de un mero copista, una usurpación injustificable de asuntos estrictamente profesionales, como la redacción original de documentos jurídicos. La indigestión parecía delatarse en una irritabilidad nervio-

testiness and grinning irritability, causing the teeth to audibly grind together over mistakes committed in copying; unnecessary maledictions, hissed, rather than spoken, in the heat of business; and especially by a continual discontent with the height of the table where he worked. Though of a very ingenious mechanical turn, Nippers could never get this table to suit him. He put chips under it, blocks of various sorts, bits of pasteboard, and at last went so far as to attempt an exquisite adjustment by final pieces of folded blotting paper. But no invention would answer. If, for the sake of easing his back, he brought the table lid at a sharp angle well up towards his chin, and wrote there like a man using the steep roof of a Dutch house for his desk:—then he declared that it stopped the circulation in his arms. If now he lowered the table to his waistbands, and stooped over it in writing, then there was a sore aching in his back. In short, the truth of the matter was, Nippers knew not what he wanted. Or, if he wanted any thing, it was to be rid of a scrivener's table altogether. Among the manifestations of his diseased ambition was a fondness he had for receiving visits from certain ambiguous-looking fellows in seedy coats, whom he called his clients. Indeed I was aware that not only was he, at times, considerable of a ward-politician, but he occasionally did a little business at the Justices' courts, and was not unknown on the steps of the Tombs. I have good reason to believe, however, that one individual who called upon him at my chambers, and who, with a grand air, he insisted was his client, was no other than a dun, and the alleged title-deed, a bill. But with all his failings, and the annoyances he caused me, Nippers, like his compatriot Turkey, was a very useful man to me; wrote a neat, swift hand; and, when he chose, was not deficient in a gentlemanly sort of deportment. Added to this, he always dressed in a gentlemanly sort of way; and so, incidentally, reflected credit upon my chambers. Whereas with respect to Turkey, I had much ado to keep him from being a reproach to me. His clothes were apt to look oily and smell of eating-houses. He wore his pantaloons very loose and baggy in summer. His coats were execrable; his hat not to be handled. But while the hat was a thing of indifference to me, inasmuch as his natural civility and deference, as a dependent Englishman, always led him to doff it the moment he entered the room, yet his coat was another matter. Concerning his coats, I reasoned with him; but with no effect. The truth was, I suppose, that a man of so small an income, could not afford to sport such a lustrous face and a lustrous coat at one and the same time. As Nippers once

sa y sonriente ocasional, que hacía rechinar audiblemente los dientes por los errores cometidos al copiar; maldiciones innecesarias, siseadas, más que pronunciadas, en el fragor del negocio y, sobre todo, por un descontento continuo con la altura de la mesa donde trabajaba. Aunque poseía un gran ingenio mecánico, Nippers nunca pudo conseguir que esta mesa se adaptara a sus necesidades. Puso fichas debajo de ella, bloques de varios tipos, trozos de cartón y por último llegó a intentar un ajuste exquisito mediante restos de papel secante doblado. Pero ningún invento daba resultado. Si, en aras de aliviar su espalda, levantaba la tapa de la mesa en ángulo agudo hacia su barbilla y escribía allí como un hombre que utiliza el empinado tejado de una casa holandesa como escritorio, entonces declaraba que eso detenía la circulación en sus brazos. Si ahora bajaba la mesa hasta la cintura y se inclinaba sobre ella al escribir, entonces sentía un dolor agudo en la espalda. En resumen, la verdad del asunto era que Nippers no sabía lo que quería. O, si quería algo, era librarse por completo de una mesa de escribiente. Entre las manifestaciones de su ambición enfermiza estaba la afición que tenía por recibir visitas de ciertos tipos de aspecto ambiguo con abrigos sórdidos, a los que llamaba sus clientes. De hecho, yo era consciente de que no sólo era, en ocasiones, un considerable político de barrio, sino que de vez en cuando hacía algún que otro negocio en los tribunales de justicia y no era desconocido en las escalinatas de Las Tumbas. Tengo buenas razones para creer, sin embargo, que un individuo que le visitó en mi despacho y que, con aire grandilocuente, insistió en que era su cliente, no era más que un zángano y el supuesto título de propiedad, una factura. Pero con todos sus defectos y las molestias que me causaba, Nippers, al igual que su compatriota Turkey, era un hombre muy útil para mí; escribía con pulcritud y rapidez y, cuando quería, no carecía de un porte caballeroso. Además, siempre vestía de forma caballerosa, lo que, por cierto, daba crédito a mi despacho. Mientras que con respecto a Turkey, tuve que esforzarme mucho para evitar que fuera un reproche para mí. Sus ropas tenían un aspecto aceitoso y olían a comedor. Llevaba los pantalones muy sueltos y holgados en verano. Sus abrigos eran execrables; su sombrero ni tocarlo. Pero si bien el sombrero era algo indiferente para mí, ya que su natural urbanidad y deferencia, como inglés dependiente, le llevaban siempre a quitárselo en cuanto entraba en la habitación, su abrigo era otro asunto. Respecto a sus abrigos, razoné con él; pero sin ningún efecto. La verdad era, supongo, que un hombre de tan escasos ingresos, no podía permitirse lucir una cara tan lustrosa y un abrigo tan lustroso al mismo tiempo. Como Nippers observó una

observed, Turkey's money went chiefly for red ink. One winter day I presented Turkey with a highly-respectable looking coat of my own, a padded gray coat, of a most comfortable warmth, and which buttoned straight up from the knee to the neck. I thought Turkey would appreciate the favor, and abate his rashness and obstreperousness of afternoons. But no. I verily believe that buttoning himself up in so downy and blanket-like a coat had a pernicious effect upon him; upon the same principle that too much oats are bad for horses. In fact, precisely as a rash, restive horse is said to feel his oats, so Turkey felt his coat. It made him insolent. He was a man whom prosperity harmed.

Though concerning the self-indulgent habits of Turkey I had my own private surmises, yet touching Nippers I was well persuaded that whatever might be his faults in other respects, he was, at least, a temperate young man. But indeed, nature herself seemed to have been his vintner, and at his birth charged him so thoroughly with an irritable, brandy-like disposition, that all subsequent potations were needless. When I consider how, amid the stillness of my chambers, Nippers would sometimes impatiently rise from his seat, and stooping over his table, spread his arms wide apart, seize the whole desk, and move it, and jerk it, with a grim, grinding motion on the floor, as if the table were a perverse voluntary agent, intent on thwarting and vexing him; I plainly perceive that for Nippers, brandy and water were altogether superfluous.

It was fortunate for me that, owing to its peculiar cause—indigestion—the irritability and consequent nervousness of Nippers, were mainly observable in the morning, while in the afternoon he was comparatively mild. So that Turkey's paroxysms only coming on about twelve o'clock, I never had to do with their eccentricities at one time. Their fits relieved each other like guards. When Nippers' was on, Turkey's was off; and *vice versa*. This was a good natural arrangement under the circumstances.

Ginger Nut, the third on my list, was a lad some twelve years old. His father was a carman, ambitious of seeing his son on the bench instead of a cart, before he died. So he sent him to my office as student at law, errand boy, and cleaner and sweeper, at the rate of one dollar a

vez, el dinero de Turkey se iba principalmente en tinta roja. Un día de invierno le regalé a Turkey un abrigo mío de aspecto muy respetable, un abrigo gris acolchado, de un calor de lo más confortable, y que se abotonaba recto desde la rodilla hasta el cuello. Pensé que Turkey agradecería el favor y aplacaría su temeridad y obstinación de las tardes. Pero no. Creo sinceramente que abotonarse con un abrigo tan mullido y parecido a una manta tuvo un efecto pernicioso sobre él; por el mismo principio de que demasiada avena es mala para los caballos. De hecho, precisamente como se dice que un caballo temerario e inquieto siente su avena, así Turkey sintió su abrigo. Le volvía insolente. Era un hombre al que la prosperidad perjudicaba.

Aunque yo tenía mis propias conjeturas sobre los hábitos autoindulgentes de Turkey, en cuanto a Nippers estaba convencido de que, cualesquiera que fuesen sus defectos en otros aspectos, era, al menos, un joven moderado. Pero, en efecto, la propia naturaleza parecía haber sido su vinagrera, y en su nacimiento lo cargó tan a fondo con una disposición irritable, parecida al brandy, que todas las pociones posteriores fueron innecesarias. Cuando considero cómo, en medio de la quietud de mis aposentos, Nippers se levantaba a veces impaciente de su asiento y, encorvándose sobre su mesa, abría los brazos de par en par, agarraba todo el escritorio y lo movía y sacudía con un movimiento torvo y rechinante contra el suelo, como si la mesa fuera un perverso agente voluntario, empeñado en frustrarle y vejarle; percibo claramente que para Nippers, el brandy y el agua eran del todo superfluos.

Fue una suerte para mí que, debido a su causa peculiar —la indigestión—, la irritabilidad y el consiguiente nerviosismo de Nippers, fueran observables principalmente por la mañana, mientras que por la tarde era comparativamente leve. De modo que los paroxismos de Turkey sólo se producían hacia las doce, por lo que nunca tuve que lidiar con sus excentricidades a la vez. Sus ataques se aliviaban mutuamente como guardias. Cuando el de Nippers estaba encendido, el de Turkey estaba apagado; y viceversa. Era un buen arreglo natural dadas las circunstancias.

Ginger Nut, el tercero de mi lista, era un muchacho de unos doce años. Su padre era carretero y su ambición era ver a su hijo en el estrado en vez de en un carro antes de morir. Así que lo envió a mi oficina como estudiante de derecho, chico de los recados y limpiador y barren-

week. He had a little desk to himself, but he did not use it much. Upon inspection, the drawer exhibited a great array of the shells of various sorts of nuts. Indeed, to this quick-witted youth the whole noble science of the law was contained in a nut-shell. Not the least among the employments of Ginger Nut, as well as one which he discharged with the most alacrity, was his duty as cake and apple purveyor for Turkey and Nippers. Copying law papers being proverbially dry, husky sort of business, my two scriveners were fain to moisten their mouths very often with Spitzenbergs to be had at the numerous stalls nigh the Custom House and Post Office. Also, they sent Ginger Nut very frequently for that peculiar cake—small, flat, round, and very spicy—after which he had been named by them. Of a cold morning when business was but dull, Turkey would gobble up scores of these cakes, as if they were mere wafers—indeed they sell them at the rate of six or eight for a penny—the scrape of his pen blending with the crunching of the crisp particles in his mouth. Of all the fiery afternoon blunders and flurried rashnesses of Turkey, was his once moistening a ginger-cake between his lips, and clapping it on to a mortgage for a seal. I came within an ace of dismissing him then. But he mollified me by making an oriental bow, and saying—"With submission, sir, it was generous of me to find you in stationery on my own account."

Now my original business—that of a conveyancer and title hunter, and drawer-up of recondite documents of all sorts—was considerably increased by receiving the master's office. There was now great work for scriveners. Not only must I push the clerks already with me, but I must have additional help. In answer to my advertisement, a motionless young man one morning, stood upon my office threshold, the door being open, for it was summer. I can see that figure now—pallidly neat, pitiably respectable, incurably forlorn! It was Bartleby.

After a few words touching his qualifications, I engaged him, glad to have among my corps of copyists a man of so singularly sedate an aspect, which I thought might operate beneficially upon the flighty temper of Turkey, and the fiery one of Nippers.

dero, a razón de un dólar a la semana. Tenía un pequeño escritorio para él solo, pero no lo utilizaba mucho. Al inspeccionarlo, el cajón exhibía una gran variedad de cáscaras de diversas clases de nueces. De hecho, para este joven ingenioso toda la noble ciencia del derecho estaba contenida en una cáscara de nuez. Una de las tareas más importantes de Ginger Nut, y una de las que desempeñaba con mayor presteza, era su deber como proveedor de pasteles y manzanas para Turkey y Nippers. Al ser la copia de documentos legales un trabajo proverbialmente seco y ronco, mis dos escribientes se humedecían la boca muy a menudo con manzanas Spitzenberg que se podían comprar en los numerosos puestos cercanos a la Aduana y la Oficina de Correos. Además, enviaban con mucha frecuencia a Ginger Nut a por ese peculiar pastel —pequeño, plano, redondo y muy picante— que le habían dado por nombre. En las mañanas frías, cuando los negocios no eran sino aburridos, Turkey engullía decenas de estos pasteles, como si fueran simples gofres —de hecho, los venden a razón de seis u ocho por un penique—, mezclando el raspado de su pluma con el crujido de las crocantes partículas en su boca. Una de entre tantas de las meteduras de pata vespertinas, de las imprudencias de Turkey, fue la que cometió una vez al humedecer un pastel de jengibre entre los labios y pegarlo a una hipoteca a modo de sello. Estuve a punto de despedirle entonces. Pero me apaciguó haciendo una reverencia oriental y diciendo: «Con sumisión, señor, creo que será generoso por mi parte procurarle artículos de papelería por mi cuenta».

Ahora bien, mi actividad original —la de corredor de fincas y cazador de títulos, y redactor de documentos recónditos de todo tipo— había aumentado considerablemente al recibir el despacho de escribano. Ahora había mucho trabajo para los escribientes. No sólo debía presionar a los oficinistas que ya estaban conmigo, sino que debía contar con ayuda adicional. En respuesta a mi anuncio, una mañana un joven inmóvil se plantó en el umbral de mi despacho, con la puerta abierta, pues era verano. Puedo ver esa figura ahora... ¡pálidamente pulcra, lastimosamente respetable, incurablemente desamparada! Era Bartleby.

Tras unas palabras sobre sus cualidades, le contraté, contento de contar entre mi cuerpo de copistas con un hombre de aspecto tan singularmente sosegado, que pensé que podría actuar beneficiosamente sobre el temperamento voluble de Turkey y el fogoso de Nippers.

I should have stated before that ground glass folding-doors divided my premises into two parts, one of which was occupied by my scriveners, the other by myself. According to my humor I threw open these doors, or closed them. I resolved to assign Bartleby a corner by the folding-doors, but on my side of them, so as to have this quiet man within easy call, in case any trifling thing was to be done. I placed his desk close up to a small side-window in that part of the room, a window which originally had afforded a lateral view of certain grimy back-yards and bricks, but which, owing to subsequent erections, commanded at present no view at all, though it gave some light. Within three feet of the panes was a wall, and the light came down from far above, between two lofty buildings, as from a very small opening in a dome. Still further to a satisfactory arrangement, I procured a high green folding screen, which might entirely isolate Bartleby from my sight, though not remove him from my voice. And thus, in a manner, privacy and society were conjoined.

At first Bartleby did an extraordinary quantity of writing. As if long famishing for something to copy, he seemed to gorge himself on my documents. There was no pause for digestion. He ran a day and night line, copying by sun-light and by candle-light. I should have been quite delighted with his application, had he been cheerfully industrious. But he wrote on silently, palely, mechanically.

It is, of course, an indispensable part of a scrivener's business to verify the accuracy of his copy, word by word. Where there are two or more scriveners in an office, they assist each other in this examination, one reading from the copy, the other holding the original. It is a very dull, wearisome, and lethargic affair. I can readily imagine that to some sanguine temperaments it would be altogether intolerable. For example, I cannot credit that the mettlesome poet Byron would have contentedly sat down with Bartleby to examine a law document of, say five hundred pages, closely written in a crimpy hand.

Now and then, in the haste of business, it had been my habit to assist in comparing some brief document myself, calling Turkey or Nippers for this purpose. One object I had in placing Bartleby so handy to me behind the screen, was to avail myself of his services on such

Debería haber dicho antes que unas puertas plegables de vidrio esmerilado dividían mi local en dos partes, una de las cuales estaba ocupada por mis escribientes y la otra por mí. Según mi humor abría o cerraba estas puertas. Decidí asignar a Bartleby un rincón junto a las puertas plegables, pero en mi lado de ellas, para tener a este hombre tranquilo al alcance de la mano, en caso de que hubiera que hacer cualquier nimiedad. Coloqué su escritorio cerca de una pequeña ventana lateral en esa parte de la habitación, una ventana que originalmente había proporcionado una vista lateral de ciertos patios traseros y ladrillos mugrientos, pero que, debido a posteriores construcciones, en la actualidad no ofrecía ninguna vista, aunque daba algo de luz. A tres pies de los cristales había una pared y la luz descendía desde muy arriba, entre dos edificios altos, como desde una abertura muy pequeña en una cúpula. Lejos de haber encontrado un arreglo satisfactorio, me procuré un alto biombo verde, con el que podía aislar por completo a Bartleby de mi vista, aunque no apartarlo de mi voz. Y así, en cierto modo, la intimidad y la sociedad se congeniaban.

Al principio Bartleby escribía una cantidad extraordinaria. Como si llevara mucho tiempo hambriento de algo que copiar, parecía atiborrarse de mis documentos. No había pausa para la digestión. Trabajaba día y noche, copiando a la luz del sol y de las velas. Yo habría estado encantado con su aplicación, si hubiera sido alegremente laborioso. Pero siguió escribiendo en silencio, pálido, mecánicamente.

Por supuesto, una parte indispensable del trabajo de un escribiente es verificar la exactitud de su copia, palabra por palabra. Cuando hay dos o más escribientes en una oficina se ayudan mutuamente en este examen, uno leyendo de la copia y el otro sosteniendo el original. Es un asunto muy aburrido, fatigoso y letárgico. Puedo imaginar fácilmente que para algunos temperamentos sanguíneos sería del todo intolerable. Por ejemplo, no puedo dar crédito a que el metódico poeta Byron se hubiera sentado satisfecho con Bartleby a examinar un documento legal de, digamos, quinientas páginas, redactado minuciosamente con mano prolija.

De vez en cuando, con la prisa de los negocios, había tenido la costumbre de ayudar yo mismo a cotejar algún breve documento, llamando para ello a Turkey o a Nippers. Uno de los objetivos que tenía al colocar a Bartleby tan a mano detrás del biombo era aprovechar sus servicios

trivial occasions. It was on the third day, I think, of his being with me, and before any necessity had arisen for having his own writing examined, that, being much hurried to complete a small affair I had in hand, I abruptly called to Bartleby. In my haste and natural expectancy of instant compliance, I sat with my head bent over the original on my desk, and my right hand sideways, and somewhat nervously extended with the copy, so that immediately upon emerging from his retreat, Bartleby might snatch it and proceed to business without the least delay.

In this very attitude did I sit when I called to him, rapidly stating what it was I wanted him to do—namely, to examine a small paper with me. Imagine my surprise, nay, my consternation, when without moving from his privacy, Bartleby in a singularly mild, firm voice, replied, "I would prefer not to."

I sat awhile in perfect silence, rallying my stunned faculties. Immediately it occurred to me that my ears had deceived me, or Bartleby had entirely misunderstood my meaning. I repeated my request in the clearest tone I could assume. But in quite as clear a one came the previous reply, "I would prefer not to."

"Prefer not to," echoed I, rising in high excitement, and crossing the room with a stride. "What do you mean? Are you moon-struck? I want you to help me compare this sheet here—take it," and I thrust it towards him.

"I would prefer not to," said he.

I looked at him steadfastly. His face was leanly composed; his gray eye dimly calm. Not a wrinkle of agitation rippled him. Had there been the least uneasiness, anger, impatience or impertinence in his manner; in other words, had there been any thing ordinarily human about him, doubtless I should have violently dismissed him from the premises. But as it was, I should have as soon thought of turning my pale plaster-of-paris bust of Cicero out of doors. I stood gazing at him awhile, as he went on with his own writing, and then reseated myself at my desk. This is very strange, thought I. What had one best do? But my business hurried me. I concluded to forget the matter for the

en ocasiones tan triviales. Fue al tercer día, creo, de estar conmigo, y antes de que hubiera surgido ninguna necesidad de hacer examinar su propia escritura, cuando, estando muy apurado por terminar un pequeño asunto que tenía entre manos, llamé bruscamente a Bartleby. En mi apresuramiento y natural expectativa de cumplimiento instantáneo, me senté con la cabeza inclinada sobre el original en mi escritorio y mi mano derecha de lado y algo nerviosa extendida con la copia para que, inmediatamente al salir de su retiro, Bartleby pudiera arrebatarla y proceder a los negocios sin la menor demora.

En esta misma actitud estaba sentado cuando le llamé, indicándole rápidamente qué era lo que quería que hiciera, a saber, que examinara conmigo un pequeño papel. Imaginen mi sorpresa, es más, mi consternación, cuando sin moverse de su intimidad, Bartleby, con una voz singularmente suave y firme, respondió: «Preferiría no hacerlo».

Permanecí sentado un rato en perfecto silencio, reuniendo mis aturdidas facultades. Inmediatamente se me ocurrió que mis oídos me habían engañado o que Bartleby había malinterpretado por completo mi significado. Repetí mi petición en el tono más claro que pude asumir. Pero en uno igual de claro llegó la respuesta anterior: «Preferiría no hacerlo».

«Preferiría no hacerlo», repetí yo, levantándome muy excitado y cruzando la habitación de un salto. «¿Qué quiere decir? ¿Está usted loco de remate? Quiero que me ayude a comparar esta hoja que está aquí; tómela», y se la tendí.

«Preferiría no hacerlo», dijo él.

Le miré fijamente. Su rostro estaba esbeltamente sereno; sus ojos grises, tenuemente calmos. Ni una arruga de agitación le recorría. Si hubiera habido la menor inquietud, enfado, impaciencia o impertinencia en sus modales; en otras palabras, si hubiera habido algo ordinariamente humano en él, sin duda le habría despedido violentamente del local. Pero tal como estaban las cosas, lo mismo habría pensado en echar a la calle mi pálido busto de yeso de Cicerón. Me quedé mirándole un rato, mientras él seguía con su propia escritura, y luego me volví a sentar en mi escritorio. Esto es muy extraño, pensé. ¿Qué era mejor hacer? Pero mis asuntos me apremiaban. Concluí olvidar el asunto por el momento,

present, reserving it for my future leisure. So calling Nippers from the other room, the paper was speedily examined.

A few days after this, Bartleby concluded four lengthy documents, being quadruplicates of a week's testimony taken before me in my High Court of Chancery. It became necessary to examine them. It was an important suit, and great accuracy was imperative. Having all things arranged I called Turkey, Nippers and Ginger Nut from the next room, meaning to place the four copies in the hands of my four clerks, while I should read from the original. Accordingly Turkey, Nippers and Ginger Nut had taken their seats in a row, each with his document in hand, when I called to Bartleby to join this interesting group.

"Bartleby! quick, I am waiting."

I heard a slow scrape of his chair legs on the uncarpeted floor, and soon he appeared standing at the entrance of his hermitage.

"What is wanted?" said he mildly.

"The copies, the copies," said I hurriedly. "We are going to examine them. There"—and I held towards him the fourth quadruplicate.

"I would prefer not to," he said, and gently disappeared behind the screen.

For a few moments I was turned into a pillar of salt, standing at the head of my seated column of clerks. Recovering myself, I advanced towards the screen, and demanded the reason for such extraordinary conduct.

"*Why* do you refuse?"

"I would prefer not to."

With any other man I should have flown outright into a dreadful passion, scorned all further words, and thrust him ignominiously from my presence. But there was something about Bartleby that not only strangely disarmed me, but in a wonderful manner touched and

reservándolo para mi ocio futuro. Así que llamando a Nippers desde la otra habitación, el papel fue examinado rápidamente.

Pocos días después de esto, Bartleby concluyó cuatro largos documentos, que eran cuadruplicados de un testimonio de una semana tomado ante mí en mi Alto Tribunal de la Cancillería. Era necesario examinarlos. Se trataba de un pleito importante y era imperativa una gran exactitud. Una vez dispuestas todas las cosas, llamé a Turkey, Nippers y Ginger Nut de la habitación contigua, con la intención de poner las cuatro copias en manos de mis cuatro secretarios, mientras yo debía leer del original. Por consiguiente, Turkey, Nippers y Ginger Nut habían tomado asiento en fila, cada uno con su documento en la mano, cuando llamé a Bartleby para que se uniera a este interesante grupo.

«¡Bartleby! Rápido, estoy esperando».

Oí un lento raspar de las patas de su silla sobre el suelo sin alfombrar y pronto apareció de pie a la entrada de su ermita.

«¿Qué es lo que se necesita?», dijo suavemente.

«Las copias, las copias», me apresuré a decir. «Vamos a examinarlas. Ahí»... y tendí hacia él el cuarto cuadruplicado.

«Preferiría no hacerlo», dijo, y desapareció suavemente tras el biombo.

Durante unos instantes me convertí en una estatua de sal, de pie a la cabeza de mi columna de oficinistas sentados. Recuperándome, avancé hacia la pantalla y exigí la razón de tan extraordinaria conducta.

«*¿Por qué* se niega?».

«Preferiría no hacerlo».

Con cualquier otro hombre habría estallado en una espantosa pasión, habría despreciado cualquier otra palabra y le habría expulsado ignominiosamente de mi presencia. Pero había algo en Bartleby que no sólo me desarmaba extrañamente, sino que de un modo maravilloso me

disconcerted me. I began to reason with him.

"These are your own copies we are about to examine. It is labor saving to you, because one examination will answer for your four papers. It is common usage. Every copyist is bound to help examine his copy. Is it not so? Will you not speak? Answer!"

"I prefer not to," he replied in a flute-like tone. It seemed to me that while I had been addressing him, he carefully revolved every statement that I made; fully comprehended the meaning; could not gainsay the irresistible conclusions; but, at the same time, some paramount consideration prevailed with him to reply as he did.

"You are decided, then, not to comply with my request—a request made according to common usage and common sense?"

He briefly gave me to understand that on that point my judgment was sound. Yes: his decision was irreversible.

It is not seldom the case that when a man is browbeaten in some unprecedented and violently unreasonable way, he begins to stagger in his own plainest faith. He begins, as it were, vaguely to surmise that, wonderful as it may be, all the justice and all the reason is on the other side. Accordingly, if any disinterested persons are present, he turns to them for some reinforcement for his own faltering mind.

"Turkey," said I, "what do you think of this? Am I not right?"

"With submission, sir," said Turkey, with his blandest tone, "I think that you are."

"Nippers," said I, "what do *you* think of it?"

"I think I should kick him out of the office."

(The reader of nice perceptions will here perceive that, it being morning, Turkey's answer is couched in polite and tranquil terms, but Nippers replies in ill-tempered ones. Or, to repeat a previous sentence, Nippers' ugly mood was on duty and Turkey's off.)

conmovía y desconcertaba. Empecé a razonar con él.

«Estas son sus propias copias que vamos a examinar. Es un ahorro de trabajo para usted, porque un examen responderá por sus cuatro documentos. Es un hábito común. Todo copista está obligado a ayudar a examinar su copia. ¿No es así? ¿No quiere hablar? ¡Conteste!».

«Prefiero no hacerlo», respondió en un tono aflautado. Me pareció que mientras me dirigía a él, daba vueltas cuidadosamente a cada afirmación que yo hacía; comprendía plenamente el significado; no podía rebatir las irresistibles conclusiones; pero, al mismo tiempo, alguna consideración primordial prevaleció en él para responder como lo hizo.

«¿Está decidido, entonces, a no acceder a mi petición... una petición hecha según el uso común y el sentido común?».

Me dio a entender brevemente que en ese punto mi juicio era acertado. Sí: su decisión era irreversible.

No pocas veces ocurre que cuando un hombre es amedrentado de alguna manera inaudita y violentamente irrazonable, empieza a tambalearse en su propia fe más llana. Empieza, por así decirlo, a conjeturar vagamente que, por maravilloso que sea, toda la justicia y toda la razón están del otro lado. En consecuencia, si hay alguna persona desinteresada presente, se dirige a ella en busca de algún refuerzo para su propia mente vacilante.

«Turkey», dije, «¿qué opina de esto? ¿No tengo razón?».

«Con sumisión, señor», dijo Turkey, con su tono más soso, «creo que sí».

«Nippers», dije, «¿qué le parece a *usted*?».

«Creo que yo le echaría de la oficina».

(El lector de percepciones amables percibirá aquí que, al tratarse de la mañana, la respuesta de Turkey fue formulada en términos educados y tranquilos, pero Nippers contesta en términos malhumorados. O, repitiendo una frase anterior, el mal humor de Nippers estaba de servicio

"Ginger Nut," said I, willing to enlist the smallest suffrage in my behalf, "what do you think of it?"

"I think, sir, he's a little *luny*," replied Ginger Nut with a grin.

"You hear what they say," said I, turning towards the screen, "come forth and do your duty."

But he vouchsafed no reply. I pondered a moment in sore perplexity. But once more business hurried me. I determined again to postpone the consideration of this dilemma to my future leisure. With a little trouble we made out to examine the papers without Bartleby, though at every page or two, Turkey deferentially dropped his opinion that this proceeding was quite out of the common; while Nippers, twitching in his chair with a dyspeptic nervousness, ground out between his set teeth occasional hissing maledictions against the stubborn oaf behind the screen. And for his (Nippers') part, this was the first and the last time he would do another man's business without pay.

Meanwhile Bartleby sat in his hermitage, oblivious to every thing but his own peculiar business there.

Some days passed, the scrivener being employed upon another lengthy work. His late remarkable conduct led me to regard his ways narrowly. I observed that he never went to dinner; indeed that he never went any where. As yet I had never of my personal knowledge known him to be outside of my office. He was a perpetual sentry in the corner. At about eleven o'clock though, in the morning, I noticed that Ginger Nut would advance toward the opening in Bartleby's screen, as if silently beckoned thither by a gesture invisible to me where I sat. The boy would then leave the office jingling a few pence, and reappear with a handful of ginger-nuts which he delivered in the hermitage, receiving two of the cakes for his trouble.

He lives, then, on ginger-nuts, thought I; never eats a dinner, properly speaking; he must be a vegetarian then; but no; he never eats

y el de Turkey fuera de servicio).

«Ginger Nut», dije, dispuesto a conseguir el menor sufragio a mi favor, «¿qué le parece?».

«Creo, señor, que está un poco *loco*», respondió Ginger Nut con una sonrisa.

«Usted oye lo que dicen», dije, volviéndome hacia la pantalla, «salga y cumpla con su deber».

Pero no me proporcionó ninguna respuesta. Reflexioné un momento con gran perplejidad. Pero una vez más los negocios me apremiaron. Decidí de nuevo posponer la consideración de este dilema a mi ocio futuro. Con un poco de apuro conseguimos examinar los papeles sin Bartleby, aunque a cada página o dos, Turkey dejaba caer con deferencia su opinión de que este procedimiento estaba fuera de lo común; mientras Nippers, retorciéndose en su silla con un nerviosismo dispéptico, lanzaba entre sus dientes apretados ocasionales maldiciones siseantes contra el zoquete testarudo que había detrás del biombo. Y por su parte (la de Nippers), ésta era la primera y la última vez que haría los negocios de otro hombre sin cobrar.

Mientras tanto, Bartleby permanecía sentado en su ermita, ajeno a todo lo que no fueran sus peculiares asuntos allí.

Pasaron algunos días, el escribiente estaba empleado en otro largo trabajo. Su notable conducta de los últimos tiempos me llevó a mirar con lupa sus costumbres. Observé que nunca iba a comer; de hecho, que nunca iba a ninguna parte. Por lo que yo sabía, nunca había estado fuera de mi oficina. Era un centinela perpetuo en el rincón. Sin embargo, a eso de las once de la mañana, me di cuenta de que Ginger Nut avanzaba hacia la abertura del biombo de Bartleby, como si le hiciera señas silenciosas con un gesto invisible para mí donde estaba sentado. El muchacho salía entonces de la oficina agitando unos peniques y reaparecía con un puñado de pasteles de nueces de jengibre que entregaba en la ermita, recibiendo dos de los pasteles por las molestias.

Vive, pues, a base de nueces de jengibre, pensé; nunca come, propiamente dicho; debe de ser entonces vegetariano; pero no; nunca come

even vegetables, he eats nothing but ginger-nuts. My mind then ran on in reveries concerning the probable effects upon the human constitution of living entirely on ginger-nuts. Ginger-nuts are so called because they contain ginger as one of their peculiar constituents, and the final flavoring one. Now what was ginger? A hot, spicy thing. Was Bartleby hot and spicy? Not at all. Ginger, then, had no effect upon Bartleby. Probably he preferred it should have none.

Nothing so aggravates an earnest person as a passive resistance. If the individual so resisted be of a not inhumane temper, and the resisting one perfectly harmless in his passivity; then, in the better moods of the former, he will endeavor charitably to construe to his imagination what proves impossible to be solved by his judgment. Even so, for the most part, I regarded Bartleby and his ways. Poor fellow! thought I, he means no mischief; it is plain he intends no insolence; his aspect sufficiently evinces that his eccentricities are involuntary. He is useful to me. I can get along with him. If I turn him away, the chances are he will fall in with some less indulgent employer, and then he will be rudely treated, and perhaps driven forth miserably to starve. Yes. Here I can cheaply purchase a delicious self-approval. To befriend Bartleby; to humor him in his strange willfulness, will cost me little or nothing, while I lay up in my soul what will eventually prove a sweet morsel for my conscience. But this mood was not invariable with me. The passiveness of Bartleby sometimes irritated me. I felt strangely goaded on to encounter him in new opposition, to elicit some angry spark from him answerable to my own. But indeed I might as well have essayed to strike fire with my knuckles against a bit of Windsor soap. But one afternoon the evil impulse in me mastered me, and the following little scene ensued:

"Bartleby," said I, "when those papers are all copied, I will compare them with you."

"I would prefer not to."

"How? Surely you do not mean to persist in that mulish vagary?"

ni siquiera verduras, no come más que nueces de jengibre. Mi mente se sumió entonces en ensueños sobre los probables efectos en la constitución humana de vivir enteramente a base de frutos secos de jengibre. Las nueces de jengibre se llaman así porque contienen jengibre como uno de sus constituyentes peculiares, y es el saborizante principal. Ahora bien, ¿qué era el jengibre? Una cosa ardiente y picante. ¿Era Bartleby ardiente y picante? Para nada. El jengibre, pues, no tenía ningún efecto sobre Bartleby. Probablemente él prefería que no tuviera ninguno.

Nada agrava tanto a una persona seria como una resistencia pasiva. Si el individuo así resistido es de temperamento no inhumano, y el que resiste perfectamente inofensivo en su pasividad, entonces, en los mejores estados de ánimo del primero, se esforzará caritativamente por interpretar con su imaginación lo que resulta imposible de resolver con su juicio. Incluso así, en su mayor parte, consideré a Bartleby y sus maneras. ¡Pobre hombre! pensé, no pretende hacer daño; es evidente que no pretende ser insolente; su aspecto es suficiente muestra de que sus excentricidades son involuntarias. Me es útil. Puedo llevarme bien con él. Si lo rechazo, lo más probable es que caiga en manos de algún patrón menos indulgente y entonces será tratado con rudeza, y tal vez expulsado miserablemente a morir de hambre. Sí. Aquí puedo comprar a bajo precio una deliciosa autoaprobación. Hacerme amigo de Bartleby, seguirle la corriente en su extraña obstinación, me costará poco o nada, mientras acumulo en mi alma lo que con el tiempo resultará un dulce bocado para mi conciencia. Pero este estado de ánimo no era invariable en mí. La pasividad de Bartleby a veces me irritaba. Me sentía extrañamente impulsado a encontrarme con él en una nueva oposición, a suscitar en él alguna chispa de ira que respondiera a la mía. Pero, en realidad, bien podría haber intentado prender fuego con mis nudillos contra un trozo de jabón Windsor. Pero una tarde el impulso maligno que había en mí me dominó, y se produjo la siguiente pequeña escena:

«Bartleby», dije, «cuando esos documentos estén todos copiados, los compararé con usted».

«Preferiría no hacerlo».

«¿Cómo? ¿Seguro que no pretende persistir en esa insensata veleidad?».

No answer.

I threw open the folding-doors near by, and turning upon Turkey and Nippers, exclaimed in an excited manner—

"He says, a second time, he won't examine his papers. What do you think of it, Turkey?"

It was afternoon, be it remembered. Turkey sat glowing like a brass boiler, his bald head steaming, his hands reeling among his blotted papers.

"Think of it?" roared Turkey; "I think I'll just step behind his screen, and black his eyes for him!"

So saying, Turkey rose to his feet and threw his arms into a pugilistic position. He was hurrying away to make good his promise, when I detained him, alarmed at the effect of incautiously rousing Turkey's combativeness after dinner.

"Sit down, Turkey," said I, "and hear what Nippers has to say. What do you think of it, Nippers? Would I not be justified in immediately dismissing Bartleby?"

"Excuse me, that is for you to decide, sir. I think his conduct quite unusual, and indeed unjust, as regards Turkey and myself. But it may only be a passing whim."

"Ah," exclaimed I, "you have strangely changed your mind then— you speak very gently of him now."

"All beer," cried Turkey; "gentleness is effects of beer—Nippers and I dined together to-day. You see how gentle I am, sir. Shall I go and black his eyes?"

"You refer to Bartleby, I suppose. No, not to-day, Turkey," I replied; "pray, put up your fists."

I closed the doors, and again advanced towards Bartleby. I felt additional incentives tempting me to my fate. I burned to be rebelled

No hubo respuesta.

Abrí de golpe las puertas plegables que tenía cerca y, volviéndome hacia Turkey y Nippers, exclamé emocionado...

«Dice, por segunda vez, que no examinará sus documentos. ¿Qué le parece, Turkey?».

Era por la tarde, recordemos. Turkey estaba sentado brillando como una caldera de bronce, con la calva humeante y las manos tambaleándose entre sus papeles emborronados.

«¿Parecerme?», rugió Turkey; «¡creo que me pondré detrás de su biombo y le ennegreceré los ojos!».

Dicho esto, Turkey se puso en pie y lanzó sus brazos en posición pugilística. Se apresuraba a hacer realidad su promesa, cuando le detuve, alarmado por el efecto de despertar incautamente la combatividad de Turkey después de comer.

«Siéntese, Turkey», le dije, «y escuche lo que Nippers tiene que decir. ¿Qué le parece, Nippers? ¿No estaría yo justificado para despedir inmediatamente a Bartleby?».

«Disculpe, eso debe decidirlo usted, señor. Creo que su conducta es bastante inusual, y de hecho injusta, en lo que respecta a Turkey y a mí. Pero puede que sólo sea un capricho pasajero».

«Ah», exclamé, «extrañamente ha cambiado de opinión entonces... ahora habla muy gentilmente de él».

«Todo a causa de la cerveza», gritó Turkey; «la gentileza es efecto de la cerveza... Nippers y yo comimos juntos hoy. Ya ve lo gentil que soy, señor. ¿Debo ir a ennegrecerle los ojos?».

«Se refiere a Bartleby, supongo. No, hoy no, Turkey», respondí; «por favor, guarde los puños».

Cerré las puertas y avancé de nuevo hacia Bartleby. Sentí incentivos adicionales que me tentaban a mi suerte. Ardía en deseos de rebelarme

against again. I remembered that Bartleby never left the office.

"Bartleby," said I, "Ginger Nut is away; just step round to the Post Office, won't you? (it was but a three minute walk,) and see if there is any thing for me."

"I would prefer not to."

"You *will* not?"

"I *prefer* not."

I staggered to my desk, and sat there in a deep study. My blind inveteracy returned. Was there any other thing in which I could procure myself to be ignominiously repulsed by this lean, penniless wight?—my hired clerk? What added thing is there, perfectly reasonable, that he will be sure to refuse to do?

"Bartleby!"

No answer.

"Bartleby," in a louder tone.

No answer.

"Bartleby," I roared.

Like a very ghost, agreeably to the laws of magical invocation, at the third summons, he appeared at the entrance of his hermitage.

"Go to the next room, and tell Nippers to come to me."

"I prefer not to," he respectfully and slowly said, and mildly disappeared.

"Very good, Bartleby," said I, in a quiet sort of serenely severe self-possessed tone, intimating the unalterable purpose of some terrible retribution very close at hand. At the moment I half intended something of the kind. But upon the whole, as it was drawing towards my

de nuevo. Recordé que Bartleby nunca salía de la oficina.

«Bartleby», le dije, «Ginger Nut no está; dé una vuelta hasta la Oficina de Correos, ¿quiere? (no era más que un trayecto de tres minutos) y mire a ver si hay algo para mí».

«Preferiría no hacerlo».

«¿No lo *hará*?».

«*Prefiero* no hacerlo».

Me tambaleé hasta mi escritorio y me senté allí en un profundo estudio. Volvió mi ciega inveteración. ¿Había alguna otra cosa que pudiera procurarme a fin de ser repelido ignominiosamente por este flaco y mísero individuo... mi empleado contratado? ¿Qué cosa añadida hay, perfectamente razonable, que él estará seguro de negarse a hacer?

«¡Bartleby!».

No hubo respuesta.

«Bartleby», en un tono más alto.

No hubo respuesta.

«Bartleby», rugí.

Como un verdadero fantasma, conforme a las leyes de la invocación mágica, a la tercera llamada, apareció a la entrada de su ermita.

«Vaya a la habitación de al lado y dígale a Nippers que venga a verme».

«Prefiero no hacerlo», dijo respetuosa y lentamente, y desapareció suavemente.

«Muy bien, Bartleby», dije, en una especie de tono sereno y severo, que daba a entender el propósito inalterable de alguna terrible retribución muy próxima. En ese momento tenía a medias la intención de hacer algo por el estilo. Pero después de todo, como se acercaba la hora

dinner-hour, I thought it best to put on my hat and walk home for the day, suffering much from perplexity and distress of mind.

Shall I acknowledge it? The conclusion of this whole business was, that it soon became a fixed fact of my chambers, that a pale young scrivener, by the name of Bartleby, and a desk there; that he copied for me at the usual rate of four cents a folio (one hundred words); but he was permanently exempt from examining the work done by him, that duty being transferred to Turkey and Nippers, one of compliment doubtless to their superior acuteness; moreover, said Bartleby was never on any account to be dispatched on the most trivial errand of any sort; and that even if entreated to take upon him such a matter, it was generally understood that he would prefer not to—in other words, that he would refuse pointblank.

As days passed on, I became considerably reconciled to Bartleby. His steadiness, his freedom from all dissipation, his incessant industry (except when he chose to throw himself into a standing revery behind his screen), his great stillness, his unalterableness of demeanor under all circumstances, made him a valuable acquisition. One prime thing was this,—*he was always there;*—first in the morning, continually through the day, and the last at night. I had a singular confidence in his honesty. I felt my most precious papers perfectly safe in his hands. Sometimes to be sure I could not, for the very soul of me, avoid falling into sudden spasmodic passions with him. For it was exceeding difficult to bear in mind all the time those strange peculiarities, privileges, and unheard of exemptions, forming the tacit stipulations on Bartleby's part under which he remained in my office. Now and then, in the eagerness of dispatching pressing business, I would inadvertently summon Bartleby, in a short, rapid tone, to put his finger, say, on the incipient tie of a bit of red tape with which I was about compressing some papers. Of course, from behind the screen the usual answer, "I prefer not to," was sure to come; and then, how could a human creature with the common infirmities of our nature, refrain from bitterly exclaiming upon such perverseness—such unreasonableness. However, every added repulse of this sort which I received only tended to lessen the probability of my repeating the inadvertence.

de la cena, pensé que lo mejor sería ponerme el sombrero y volver a casa por el día, sufriendo mucho por la perplejidad y la angustia de mi mente.

¿Debo reconocerlo? La conclusión de todo este asunto fue que pronto se convirtió en un hecho fijo en mi despacho que un joven y pálido escribiente, llamado Bartleby, tenía allí un escritorio, que copiaba para mí a la tarifa habitual de cuatro centavos el folio (cien palabras), pero que estaba permanentemente exento de examinar el trabajo realizado por él, ya que ese deber se transfería a Turkey y Nippers, un cumplido sin duda a su superior agudeza; además, afirmaba que Bartleby nunca era despachado bajo ningún concepto para el más trivial de los recados de ningún tipo y que incluso si se le suplicaba que se encargara de tal asunto, generalmente se entendía que preferiría no hacerlo... en otras palabras, que se negaría rotundamente.

Con el paso de los días, me fui reconciliando considerablemente con Bartleby. Su constancia, su ausencia de toda disipación, su incesante laboriosidad (excepto cuando elegía sumirse en un remanso de quietud detrás de su biombo), su gran quietud, su inalterabilidad de conducta en cualquier circunstancia, hacían de él una valiosa adquisición. Una cosa primordial era ésta... *siempre estaba allí*... primero por la mañana, continuamente a lo largo del día y el último por la noche. Yo tenía una singular confianza en su honradez. Sentía mis papeles más preciados perfectamente seguros en sus manos. A veces, para estar seguro, no podía, por mi propia alma, evitar caer en repentinas pasiones espasmódicas con él. Porque era sumamente difícil tener presentes todo el tiempo aquellas extrañas peculiaridades, privilegios e inauditas exenciones, que constituían las estipulaciones tácitas por parte de Bartleby bajo las cuales permanecía en mi oficina. De vez en cuando, en el afán de despachar asuntos urgentes, convocaba inadvertidamente a Bartleby, en tono corto y rápido, para que pusiera el dedo, digamos, en el incipiente lazo de un trozo de cinta roja con el que estaba a punto de empaquetar unos papeles. Por supuesto, desde detrás del biombo la respuesta habitual, «prefiero no hacerlo», iba a llegar con toda seguridad; y entonces, ¿cómo podría una criatura humana, con las debilidades comunes de nuestra naturaleza, abstenerse de exclamar amargamente ante semejante perversidad, semejante sinrazón? Sin embargo, cada repulsa añadida de este tipo que recibía sólo tendía a disminuir la probabilidad de que repitiera la inadvertencia.

Here it must be said, that according to the custom of most legal gentlemen occupying chambers in densely-populated law buildings, there were several keys to my door. One was kept by a woman residing in the attic, which person weekly scrubbed and daily swept and dusted my apartments. Another was kept by Turkey for convenience sake. The third I sometimes carried in my own pocket. The fourth I knew not who had.

Now, one Sunday morning I happened to go to Trinity Church, to hear a celebrated preacher, and finding myself rather early on the ground, I thought I would walk around to my chambers for a while. Luckily I had my key with me; but upon applying it to the lock, I found it resisted by something inserted from the inside. Quite surprised, I called out; when to my consternation a key was turned from within; and thrusting his lean visage at me, and holding the door ajar, the apparition of Bartleby appeared, in his shirt sleeves, and otherwise in a strangely tattered dishabille, saying quietly that he was sorry, but he was deeply engaged just then, and—preferred not admitting me at present. In a brief word or two, he moreover added, that perhaps I had better walk round the block two or three times, and by that time he would probably have concluded his affairs.

Now, the utterly unsurmised appearance of Bartleby, tenanting my law-chambers of a Sunday morning, with his cadaverously gentlemanly *nonchalance*, yet withal firm and self-possessed, had such a strange effect upon me, that incontinently I slunk away from my own door, and did as desired. But not without sundry twinges of impotent rebellion against the mild effrontery of this unaccountable scrivener. Indeed, it was his wonderful mildness chiefly, which not only disarmed me, but unmanned me, as it were. For I consider that one, for the time, is a sort of unmanned when he tranquilly permits his hired clerk to dictate to him, and order him away from his own premises. Furthermore, I was full of uneasiness as to what Bartleby could possibly be doing in my office in his shirt sleeves, and in an otherwise dismantled condition of a Sunday morning. Was any thing amiss going on? Nay, that was out of the question. It was not to be thought of for a moment that Bartleby was an immoral person. But what could he be doing there?—copying? Nay again, whatever might be his eccentricities, Bartleby was an eminently decorous person. He would

Aquí hay que decir que, según la costumbre de la mayoría de los caballeros juristas que ocupan despachos en edificios de abogados densamente poblados, había varias llaves para mi puerta. Una la guardaba una mujer que residía en el ático, que fregaba semanalmente y barría y desempolvaba a diario mi despacho. Otra la guardaba Turkey por comodidad. La tercera la llevaba yo a veces en mi propio bolsillo. La cuarta no sabía quién la tenía.

Un domingo por la mañana acudí por casualidad a Trinity Church, para oír a un célebre predicador, y encontrándome bastante temprano en el lugar, pensé en caminar un rato hasta mi despacho. Por suerte llevaba conmigo mi llave; pero al aplicarla a la cerradura, encontré que se resistía a ella algo introducido desde el interior. Bastante sorprendido, grité, cuando, para mi consternación, una llave fue girada desde dentro; y empujando su magro rostro hacia mí, y manteniendo la puerta entreabierta, la figura de Bartleby apareció, en mangas de camisa, y por lo demás en una deshabillé extrañamente andrajosa, diciendo en voz baja que lo sentía, pero que estaba profundamente ocupado en ese momento, y... prefería no admitirme en ese momento. En una o dos breves palabras, añadió además, que tal vez sería mejor que diera dos o tres vueltas a la manzana y que para entonces él probablemente habría concluido sus asuntos.

Ahora bien, la aparición totalmente insólita de Bartleby, ocupando mi despacho un domingo por la mañana, con su despreocupación de caballero cadavérico, pero al mismo tiempo firme y seguro de sí mismo, tuvo un efecto tan extraño en mí, que de inmediato me escabullí de mi propia puerta e hice lo que deseaba. Pero no sin varias punzadas de rebelión impotente contra el suave descaro de este escribiente inexplicable. De hecho, fue sobre todo su maravillosa suavidad lo que no sólo me desconcertó, sino que me dejó desamparado, por así decirlo. Porque considero que uno, por el momento, se encuentra en una especie de desamparo cuando permite tranquilamente que su empleado a sueldo le dicte y le ordene salir de sus propias premisas. Además, estaba lleno de inquietud por saber qué podía estar haciendo Bartleby en mi despacho en mangas de camisa y en un estado por lo demás desaliñado en una mañana de domingo. ¿Estaba ocurriendo algo raro? No, eso estaba fuera de cuestión. No se podía pensar ni por un momento que Bartleby fuera una persona inmoral. Pero, ¿qué podía estar haciendo allí?... ¿Copiando? De nuevo no, cualesquiera que fueran sus excentricidades, Bartleby

be the last man to sit down to his desk in any state approaching to nudity. Besides, it was Sunday; and there was something about Bartleby that forbade the supposition that he would by any secular occupation violate the proprieties of the day.

Nevertheless, my mind was not pacified; and full of a restless curiosity, at last I returned to the door. Without hindrance I inserted my key, opened it, and entered. Bartleby was not to be seen. I looked round anxiously, peeped behind his screen; but it was very plain that he was gone. Upon more closely examining the place, I surmised that for an indefinite period Bartleby must have ate, dressed, and slept in my office, and that too without plate, mirror, or bed. The cushioned seat of a rickety old sofa in one corner bore the faint impress of a lean, reclining form. Rolled away under his desk, I found a blanket; under the empty grate, a blacking box and brush; on a chair, a tin basin, with soap and a ragged towel; in a newspaper a few crumbs of ginger-nuts and a morsel of cheese. Yes, thought I, it is evident enough that Bartleby has been making his home here, keeping bachelor's hall all by himself. Immediately then the thought came sweeping across me, What miserable friendlessness and loneliness are here revealed! His poverty is great; but his solitude, how horrible! Think of it. Of a Sunday, Wall-street is deserted as Petra; and every night of every day it is an emptiness. This building too, which of week-days hums with industry and life, at nightfall echoes with sheer vacancy, and all through Sunday is forlorn. And here Bartleby makes his home; sole spectator of a solitude which he has seen all populous—a sort of innocent and transformed Marius brooding among the ruins of Carthage!

For the first time in my life a feeling of overpowering stinging melancholy seized me. Before, I had never experienced aught but a not-unpleasing sadness. The bond of a common humanity now drew me irresistibly to gloom. A fraternal melancholy! For both I and Bartleby were sons of Adam. I remembered the bright silks and sparkling faces I had seen that day, in gala trim, swan-like sailing down the Mississippi of Broadway; and I contrasted them with the pallid copyist, and thought to myself, Ah, happiness courts the light, so we deem the world is gay; but misery hides aloof, so we deem that misery there is none. These sad fancyings—chimeras, doubtless, of a sick and silly

era una persona eminentemente decorosa. Sería el último hombre en sentarse ante su escritorio en un estado cercano a la desnudez. Además, era domingo y había algo en Bartleby que prohibía la suposición de que por cualquier ocupación secular violara la corrección del día.

Sin embargo, mi mente no se apaciguaba; y lleno de una inquieta curiosidad, por fin regresé a la puerta. Sin ningún obstáculo introduje mi llave, la abrí y entré. Bartleby no estaba a la vista por ningún lado. Miré alrededor ansiosamente, me asomé detrás de su biombo; pero era bien evidente que se había ido. Al examinar más detenidamente el lugar, supuse que durante un período indefinido Bartleby debía de haber comido, se había vestido y dormido en mi despacho, y además sin plato, espejo ni cama. El asiento acolchado de un viejo sofá desvencijado en una esquina llevaba la débil huella de una forma esbelta y reclinada. Enrollada bajo su escritorio, encontré una manta; bajo la rejilla vacía, grasa para zapatos y un cepillo; sobre una silla, una palangana de hojalata, con jabón y una toalla harapienta; en un periódico, unas migajas de frutos secos de jengibre y un bocado de queso. Sí, pensé, es bastante evidente que Bartleby ha estado haciendo aquí su hogar, manteniendo por su cuenta el salón de soltero. Inmediatamente me asaltó el pensamiento: ¡qué miserable falta de amigos y qué soledad se revelan aquí! Su pobreza es grande; pero su soledad, ¡qué horrible! Piensen en ello. Un domingo, Wall Street está desierta como Petra; y todos los días por la noche es un vacío. También este edificio, que durante los días laborables zumba de actividad y vida, al anochecer resuena de puro vacío, y durante todo el domingo está desamparado. Y aquí hace Bartleby su hogar; ¡único espectador de una soledad que ha visto toda poblada... una especie de Marius inocente y transformado, rumiando entre las ruinas de Cartago!

Por primera vez en mi vida se apoderó de mí un sentimiento de agobiante melancolía. Antes, nunca había experimentado más que una tristeza nada desagradable. Ahora, el vínculo de una humanidad común me atraía irresistiblemente hacia la melancolía. ¡Una melancolía fraternal! Porque tanto yo como Bartleby éramos hijos de Adán. Recordé las sedas brillantes y los rostros resplandecientes que había visto aquel día, en traje de gala, navegando como cisnes por el Mississippi de Broadway; y los contrasté con el paliducho copista, y pensé para mis adentros: Ah, la felicidad corteja la luz, por lo que consideramos que el mundo es alegre; pero la miseria se esconde alejada, por eso consideramos que

brain—led on to other and more special thoughts, concerning the eccentricities of Bartleby. Presentiments of strange discoveries hovered round me. The scrivener's pale form appeared to me laid out, among uncaring strangers, in its shivering winding sheet.

Suddenly I was attracted by Bartleby's closed desk, the key in open sight left in the lock.

I mean no mischief, seek the gratification of no heartless curiosity, thought I; besides, the desk is mine, and its contents too, so I will make bold to look within. Every thing was methodically arranged, the papers smoothly placed. The pigeon holes were deep, and removing the files of documents, I groped into their recesses. Presently I felt something there, and dragged it out. It was an old bandanna handkerchief, heavy and knotted. I opened it, and saw it was a savings' bank.

I now recalled all the quiet mysteries which I had noted in the man. I remembered that he never spoke but to answer; that though at intervals he had considerable time to himself, yet I had never seen him reading—no, not even a newspaper; that for long periods he would stand looking out, at his pale window behind the screen, upon the dead brick wall; I was quite sure he never visited any refectory or eating house; while his pale face clearly indicated that he never drank beer like Turkey, or tea and coffee even, like other men; that he never went any where in particular that I could learn; never went out for a walk, unless indeed that was the case at present; that he had declined telling who he was, or whence he came, or whether he had any relatives in the world; that though so thin and pale, he never complained of ill health. And more than all, I remembered a certain unconscious air of pallid—how shall I call it?—of pallid haughtiness, say, or rather an austere reserve about him, which had positively awed me into my tame compliance with his eccentricities, when I had feared to ask him to do the slightest incidental thing for me, even though I might know, from his long-continued motionlessness, that behind his screen he must be standing in one of those dead-wall reveries of his.

la miseria no existe. Estas tristes fantasías —quimeras, sin duda, de un cerebro enfermo y tonto— me llevaron a otros pensamientos más especiales, relativos a las excentricidades de Bartleby. Presentimientos de extraños descubrimientos revoloteaban a mi alrededor. La pálida figura del escribiente se me aparecía tendida, entre desconocidos indiferentes, en su temblorosa sábana sinuosa.

De repente me sentí atraído por el escritorio cerrado de Bartleby, con la llave a la vista dejada en la cerradura.

No pretendía hacer ningún daño, no buscaba la gratificación de ninguna curiosidad desalmada, pensé; además, el escritorio es mío, y su contenido también, así que me atreveré a mirar dentro. Todo estaba metódicamente ordenado, los papeles acomodados con esmero. Los compartimentos eran profundos y, sacando las carpetas de documentos, me dirigí a tientas a sus recovecos. En seguida sentí algo allí y lo saqué. Era un viejo pañuelo de bandana, pesado y anudado. Lo abrí y vi que era una caja de ahorros.

Ahora recordé todos los silenciosos misterios que había observado en aquel hombre. Recordé que nunca hablaba más que para responder; que aunque a intervalos disponía de bastante tiempo para sí mismo, nunca le había visto leer, ni siquiera un periódico; que durante largos periodos se quedaba mirando hacia fuera, en su pálida ventana tras el biombo, a la pared de ladrillo muerto; estaba bastante seguro de que nunca visitaba ningún refectorio o restaurante; mientras que su rostro pálido indicaba claramente que nunca bebía cerveza como Turkey, ni siquiera té o café, como los demás; que nunca iba a ningún sitio en particular que yo pudiera conocer; que nunca salía a pasear, a menos que así fuera en este momento; que se había negado a decir quién era, o de dónde venía, o si tenía algún pariente en el mundo; que aunque tan delgado y pálido, nunca se quejaba de mala salud. Y, sobre todo, recordaba cierto aire inconsciente de palidez —¿cómo llamarlo?—, de pálida altivez, digamos, o más bien una austera reserva en él, que positivamente me había intimidado en mi dócil conformidad con sus excentricidades, cuando había temido pedirle que hiciera la más mínima cosa incidental por mí, aun sabiendo, por su prolongada inmovilidad, que detrás de su pantalla debía de estar sumido en uno de esos ensueños suyos de pared muerta.

Revolving all these things, and coupling them with the recently discovered fact that he made my office his constant abiding place and home, and not forgetful of his morbid moodiness; revolving all these things, a prudential feeling began to steal over me. My first emotions had been those of pure melancholy and sincerest pity; but just in proportion as the forlornness of Bartleby grew and grew to my imagination, did that same melancholy merge into fear, that pity into repulsion. So true it is, and so terrible too, that up to a certain point the thought or sight of misery enlists our best affections; but, in certain special cases, beyond that point it does not. They err who would assert that invariably this is owing to the inherent selfishness of the human heart. It rather proceeds from a certain hopelessness of remedying excessive and organic ill. To a sensitive being, pity is not seldom pain. And when at last it is perceived that such pity cannot lead to effectual succor, common sense bids the soul rid of it. What I saw that morning persuaded me that the scrivener was the victim of innate and incurable disorder. I might give alms to his body; but his body did not pain him; it was his soul that suffered, and his soul I could not reach.

I did not accomplish the purpose of going to Trinity Church that morning. Somehow, the things I had seen disqualified me for the time from church-going. I walked homeward, thinking what I would do with Bartleby. Finally, I resolved upon this;—I would put certain calm questions to him the next morning, touching his history, etc., and if he declined to answer them openly and unreservedly (and I supposed he would prefer not), then to give him a twenty dollar bill over and above whatever I might owe him, and tell him his services were no longer required; but that if in any other way I could assist him, I would be happy to do so, especially if he desired to return to his native place, wherever that might be, I would willingly help to defray the expenses. Moreover, if, after reaching home, he found himself at any time in want of aid, a letter from him would be sure of a reply.

The next morning came.

"Bartleby," said I, gently calling to him behind his screen.

No reply.

Revolviendo todas estas cosas y uniéndolas al hecho recientemente descubierto de que hacía de mi despacho su lugar de residencia y hogar constante, y sin olvidar su morboso malhumor, considerando al mismo tiempo todas estas cosas, un sentimiento de prudencia empezó a apoderarse de mí. Mis primeras emociones habían sido de pura melancolía y de la más sincera lástima; pero en la misma proporción en que la desolación de Bartleby crecía y crecía ante mi imaginación, esa misma melancolía se fundía en miedo, esa lástima en repulsión. Tan cierto es, y tan terrible también, que hasta cierto punto el pensamiento o la visión de la miseria despierta nuestros mejores afectos; pero, en ciertos casos especiales, más allá de ese punto no lo hace. Yerran quienes afirman que esto se debe invariablemente al egoísmo inherente al corazón humano. Procede más bien de una cierta desesperanza de remediar un mal excesivo y orgánico. Para un ser sensible, la piedad no pocas veces es dolor. Y cuando por fin se percibe que esa piedad no puede conducir a un socorro eficaz, el sentido común ordena al alma que se deshaga de ella. Lo que vi aquella mañana me persuadió de que el escribiente era víctima de un trastorno innato e incurable. Podía dar limosna a su cuerpo; pero su cuerpo no le dolía; era su alma la que sufría, y a su alma no podía llegar.

No cumplí el propósito de ir a Trinity Church aquella mañana. De alguna manera, las cosas que había visto me desalentaron por el momento para ir a la iglesia. Caminé de regreso a casa, pensando qué haría con Bartleby. Finalmente, decidí lo siguiente: le haría algunas preguntas tranquilas a la mañana siguiente, sobre su historia, etc., y si se negaba a responderlas abiertamente y sin reservas (y supuse que preferiría no hacerlo), le daría un billete de veinte dólares además de lo que pudiera deberle y le diría que sus servicios ya no eran necesarios; pero que si de alguna otra manera podía ayudarle, lo haría con mucho gusto, especialmente si deseaba regresar a su lugar de origen, dondequiera que estuviese, ayudaría de buena gana a sufragar los gastos. Además, si después de llegar a casa se encontrara en algún momento necesitado de ayuda, una carta suya tendría una respuesta segura.

Llegó la mañana siguiente.

«Bartleby», le dije, llamándole suavemente al otro lado de su biombo.

No hubo respuesta.

"Bartleby," said I, in a still gentler tone, "come here; I am not going to ask you to do *any thing* you would prefer not to do—I simply wish to speak to you."

Upon this he noiselessly slid into view.

"Will you tell me, Bartleby, where you were born?"

"I would prefer not to."

"Will you tell me any thing about yourself?"

"I would prefer not to."

"But what reasonable objection can you have to speak to me? I feel friendly towards you."

He did not look at me while I spoke, but kept his glance fixed upon my bust of Cicero, which as I then sat, was directly behind me, some six inches above my head.

"What is your answer, Bartleby?" said I, after waiting a considerable time for a reply, during which his countenance remained immovable, only there was the faintest conceivable tremor of the white attenuated mouth.

"At present I prefer to give no answer," he said, and retired into his hermitage.

It was rather weak in me I confess, but his manner on this occasion nettled me. Not only did there seem to lurk in it a certain calm disdain, but his perverseness seemed ungrateful, considering the undeniable good usage and indulgence he had received from me.

Again I sat ruminating what I should do. Mortified as I was at his behavior, and resolved as I had been to dismiss him when I entered my offices, nevertheless I strangely felt something superstitious knocking at my heart, and forbidding me to carry out my purpose, and denouncing me for a villain if I dared to breathe one bitter word

«Bartleby», le dije, en un tono aún más suave, «venga aquí; no voy a pedirle que haga nada que preferiría no hacer... simplemente deseo hablar con usted».

Tras esto, se deslizó silenciosamente a la vista.

«¿Me dirá, Bartleby, dónde nació?».

«Preferiría no hacerlo».

«¿Me dirá alguna cosa sobre usted?».

«Preferiría no hacerlo».

«¿Pero qué objeción razonable puede tener a hablar conmigo? Yo soy amigable con usted».

No me miró mientras yo hablaba, sino que mantuvo su mirada fija en mi busto de Cicerón que, tal como yo estaba sentado en ese momento, se encontraba directamente detrás de mí, a unas seis pulgadas por encima de mi cabeza.

«¿Cuál es su respuesta, Bartleby?», le dije, tras esperar un tiempo considerable una respuesta, durante el cual su semblante permaneció inmóvil, sólo se percibía el más leve temblor concebible de la blanca boca atenuada.

«De momento prefiero no dar ninguna respuesta», dijo, y se retiró a su ermita.

Confieso que yo fui bastante débil, pero sus modales en esta ocasión me molestaron. No sólo parecía acechar en él cierto tranquilo desdén, sino que su perversidad parecía ingrata, teniendo en cuenta el innegable buen trato y la indulgencia que había recibido de mí.

De nuevo me senté a rumiar lo que debía hacer. Mortificado como estaba por su comportamiento y resuelto como había estado a despedirle cuando entrara en mis oficinas, sin embargo sentí extrañamente que algo supersticioso golpeaba mi corazón y me prohibía llevar a cabo mi propósito y me llamaba «villano» si me atrevía a pronunciar una sola

against this forlornest of mankind. At last, familiarly drawing my chair behind his screen, I sat down and said: "Bartleby, never mind then about revealing your history; but let me entreat you, as a friend, to comply as far as may be with the usages of this office. Say now you will help to examine papers to-morrow or next day: in short, say now that in a day or two you will begin to be a little reasonable:—say so, Bartleby."

"At present I would prefer not to be a little reasonable," was his mildly cadaverous reply.

Just then the folding-doors opened, and Nippers approached. He seemed suffering from an unusually bad night's rest, induced by severer indigestion than common. He overheard those final words of Bartleby.

"*Prefer not*, eh?" gritted Nippers—"I'd *prefer* him, if I were you, sir," addressing me—"I'd *prefer* him; I'd give him preferences, the stubborn mule! What is it, sir, pray, that he *prefers* not to do now?"

Bartleby moved not a limb.

"Mr. Nippers," said I, "I'd prefer that you would withdraw for the present."

Somehow, of late I had got into the way of involuntarily using this word "prefer" upon all sorts of not exactly suitable occasions. And I trembled to think that my contact with the scrivener had already and seriously affected me in a mental way. And what further and deeper aberration might it not yet produce? This apprehension had not been without efficacy in determining me to summary means.

As Nippers, looking very sour and sulky, was departing, Turkey blandly and deferentially approached.

"With submission, sir," said he, "yesterday I was thinking about Bartleby here, and I think that if he would but prefer to take a quart of good ale every day, it would do much towards mending him, and

palabra amarga contra este desamparado de la humanidad. Por fin, acercando familiarmente mi silla detrás de su biombo, me senté y le dije: «Bartleby, no se preocupe entonces por revelar su historia; pero permítame suplicarle, como amigo, que cumpla en la medida de lo posible con los usos de esta oficina. Diga ahora que ayudará a examinar papeles mañana o pasado mañana: en resumen, diga ahora que en un día o dos empezará a ser un poco razonable... dígalo, Bartleby».

«En este momento preferiría no ser un poco razonable», fue su respuesta ligeramente cadavérica.

Justo entonces se abrieron las puertas plegables y se acercó Nippers. Parecía que sufría de un mal descanso nocturno inusitado, inducido por una indigestión más severa de lo común. Oyó las últimas palabras de Bartleby.

«¿*Prefiere no* hacerlo, eh?», gritó Nippers... «Yo en su lugar lo *preferiría*, señor», dirigiéndose a mí... «lo *preferiría* a él; le daría preferencia, ¡esa mula testaruda! ¿Qué es, señor, por favor, lo que él *prefiere* no hacer ahora?».

Bartleby no movió un solo miembro.

«Mr. Nippers», le dije, «preferiría que se retirara por el momento».

De alguna manera, últimamente me había acostumbrado a utilizar involuntariamente esta palabra, «prefiero», en todo tipo de ocasiones que no eran necesariamente adecuadas. Y temblaba al pensar que mi contacto con el escribiente ya me había afectado mentalmente de forma grave. ¿Y qué aberración ulterior y más profunda no podría producir aún? Esta aprensión no había carecido de eficacia para determinarme a medios sumarios.

Mientras Nippers, con un aspecto muy agrio y enfurruñado, se marchaba, Turkey se acercó con aire suave y deferente.

«Con sumisión, señor», dijo, «ayer estuve pensando en Bartleby aquí presente, y creo que si prefiriera tomar un cuarto de galón de buena cerveza cada día, contribuiría mucho a curarle y le permitiría ayudar en

enabling him to assist in examining his papers."

"So you have got the word too," said I, slightly excited.

"With submission, what word, sir," asked Turkey, respectfully crowding himself into the contracted space behind the screen, and by so doing, making me jostle the scrivener. "What word, sir?"

"I would prefer to be left alone here," said Bartleby, as if offended at being mobbed in his privacy.

"*That's* the word, Turkey," said I—"that's it."

"Oh, *prefer*? oh yes—queer word. I never use it myself. But, sir, as I was saying, if he would but prefer—"

"Turkey," interrupted I, "you will please withdraw."

"Oh certainly, sir, if you prefer that I should."

As he opened the folding-door to retire, Nippers at his desk caught a glimpse of me, and asked whether I would prefer to have a certain paper copied on blue paper or white. He did not in the least roguishly accent the word prefer. It was plain that it involuntarily rolled from his tongue. I thought to myself, surely I must get rid of a demented man, who already has in some degree turned the tongues, if not the heads of myself and clerks. But I thought it prudent not to break the dismission at once.

The next day I noticed that Bartleby did nothing but stand at his window in his dead-wall revery. Upon asking him why he did not write, he said that he had decided upon doing no more writing.

"Why, how now? what next?" exclaimed I, "do no more writing?"

"No more."

el examen de sus papeles».

«Así que usted también ha captado la palabra», dije, ligeramente excitado.

«Con sumisión, ¿qué palabra, señor?», preguntó Turkey, apiñándose respetuosamente en el espacio contraído tras el biombo y, al hacerlo, haciéndome empujar al escribiente. «¿Qué palabra, señor?».

«Preferiría que me dejaran solo aquí», dijo Bartleby, como ofendido de que se le acosara en su intimidad.

«*Esa* es la palabra, Turkey», dije... «esa es».

«Oh, *¿preferir?* Oh, sí... una palabra rara. Yo mismo nunca la uso. Pero, señor, como iba diciendo, si él prefiriera...».

«Turkey», interrumpí, «por favor, retírese».

«Oh, ciertamente, señor, si usted prefiere que lo haga».

Cuando abrió la puerta plegable para retirarse, Nippers, que estaba en su escritorio, me echó un vistazo y me preguntó si prefería que un determinado trabajo fuera copiado en papel azul o blanco. No acentuó en absoluto pícaramente la palabra «preferir». Era evidente que le salió involuntariamente de la lengua. Pensé para mis adentros: sin duda debo deshacerme de un demente, que ya ha trastornado en cierta medida las lenguas, si no las cabezas, mías y de los oficinistas. Pero me pareció prudente no anunciar la destitución de inmediato.

Al día siguiente me di cuenta de que Bartleby no hacía otra cosa que permanecer junto a su ventana en su letargo de pared muerta. Al preguntarle por qué no escribía, me dijo que había decidido no escribir más.

«¿Por qué, cómo hacemos ahora? ¿Y ahora qué?», exclamé, «¿ya no escribe más?».

«Ya no más».

"And what is the reason?"

"Do you not see the reason for yourself," he indifferently replied.

I looked steadfastly at him, and perceived that his eyes looked dull and glazed. Instantly it occurred to me, that his unexampled diligence in copying by his dim window for the first few weeks of his stay with me might have temporarily impaired his vision.

I was touched. I said something in condolence with him. I hinted that of course he did wisely in abstaining from writing for a while; and urged him to embrace that opportunity of taking wholesome exercise in the open air. This, however, he did not do. A few days after this, my other clerks being absent, and being in a great hurry to dispatch certain letters by the mail, I thought that, having nothing else earthly to do, Bartleby would surely be less inflexible than usual, and carry these letters to the post-office. But he blankly declined. So, much to my inconvenience, I went myself.

Still added days went by. Whether Bartleby's eyes improved or not, I could not say. To all appearance, I thought they did. But when I asked him if they did, he vouchsafed no answer. At all events, he would do no copying. At last, in reply to my urgings, he informed me that he had permanently given up copying.

"What!" exclaimed I; "suppose your eyes should get entirely well— better than ever before—would you not copy then?"

"I have given up copying," he answered, and slid aside.

He remained as ever, a fixture in my chamber. Nay—if that were possible—he became still more of a fixture than before. What was to be done? He would do nothing in the office: why should he stay there? In plain fact, he had now become a millstone to me, not only useless as a necklace, but afflictive to bear. Yet I was sorry for him. I speak less than truth when I say that, on his own account, he occasioned me uneasiness. If he would but have named a single relative or friend, I would instantly have written, and urged their taking the poor fellow away to some convenient retreat. But he seemed alone, absolutely alone in the universe. A bit of wreck in the mid Atlantic. At length, ne-

«¿Y cuál es la razón?».

«¿No ve usted mismo la razón?», respondió con indiferencia.

Le miré fijamente y percibí que sus ojos parecían apagados y vidriosos. Instantáneamente se me ocurrió que su inigualable diligencia en copiar junto a su tenue ventana durante las primeras semanas de su estancia conmigo podría haberle dañado temporalmente la vista.

Me conmovió. Le dije algo en señal de condolencia. Le insinué que, por supuesto, había hecho bien en abstenerse de escribir durante un tiempo; y le insté a que aprovechara esa oportunidad para hacer ejercicio saludable al aire libre. Sin embargo, no lo hizo. Pocos días después de esto, estando ausentes mis otros empleados y teniendo mucha prisa por despachar ciertas cartas por correo, pensé que, no teniendo nada más terrenal que hacer, Bartleby seguramente sería menos inflexible que de costumbre y llevaría estas cartas a la oficina de correos. Pero se negó rotundamente. Así que, para mi desgracia, fui yo mismo.

Pasaron aún más días. No sabría decir si los ojos de Bartleby mejoraron o no. En apariencia, creía que sí. Pero cuando le pregunté si lo habían hecho, no me dio ninguna respuesta. En todo caso, no quiso copiar. Por fin, en respuesta a mis apremios, me informó que había dejado definitivamente de copiar.

«¡Qué!», exclamé; «suponga que sus ojos se pusieran completamente bien, tal vez mejor que nunca... ¿no copiaría entonces?».

«He dejado definitivamente de copiar», respondió, y se hizo a un lado.

Siguió siendo, como siempre, un elemento fijo en mi despacho. No... si fuera posible, se convirtió aún más en un elemento fijo que antes. ¿Qué debía hacer? No haría nada en la oficina: ¿por qué iba a quedarse allí? De hecho, ahora se había convertido en una piedra al cuello para mí, no sólo inútil como collar, sino aflictiva de llevar. Sin embargo, lo sentía por él. No digo toda la verdad cuando afirmo que, él mismo, me causaba desasosiego. Si él hubiera nombrado a un solo pariente o amigo, yo le habría escrito al instante y les habría instado a que se llevaran al pobre hombre a algún retiro conveniente. Pero parecía solo, absolutamente solo en el universo. Un pequeño naufragio en medio del Atlántico. Al

cessities connected with my business tyrannized over all other considerations. Decently as I could, I told Bartleby that in six days' time he must unconditionally leave the office. I warned him to take measures, in the interval, for procuring some other abode. I offered to assist him in this endeavor, if he himself would but take the first step towards a removal. "And when you finally quit me, Bartleby," added I, "I shall see that you go not away entirely unprovided. Six days from this hour, remember."

At the expiration of that period, I peeped behind the screen, and lo! Bartleby was there.

I buttoned up my coat, balanced myself; advanced slowly towards him, touched his shoulder, and said, "The time has come; you must quit this place; I am sorry for you; here is money; but you must go."

"I would prefer not," he replied, with his back still towards me.

"You *must*."

He remained silent.

Now I had an unbounded confidence in this man's common honesty. He had frequently restored to me sixpences and shillings carelessly dropped upon the floor, for I am apt to be very reckless in such shirt-button affairs. The proceeding then which followed will not be deemed extraordinary.

"Bartleby," said I, "I owe you twelve dollars on account; here are thirty-two; the odd twenty are yours.—Will you take it?" and I handed the bills towards him.

But he made no motion.

"I will leave them here then," putting them under a weight on the table. Then taking my hat and cane and going to the door I tranquilly turned and added—"After you have removed your things from these offices, Bartleby, you will of course lock the door—since every one is now gone for the day but you—and if you please, slip your key underneath the mat, so that I may have it in the morning. I shall not see you

final, las necesidades relacionadas con mi negocio tiranizaron todas las demás consideraciones. Tan decentemente como pude, le dije a Bartleby que dentro de seis días debía abandonar incondicionalmente la oficina. Le advertí que tomara medidas, en el intervalo, para procurarse otra morada. Me ofrecí a ayudarle en este empeño, si él mismo daba el primer paso hacia una mudanza. «Y cuando por fin me deje, Bartleby», añadí, «me encargaré de que no se vaya del todo desprovisto. Seis días a partir de esta hora, recuérdelo».

Al expirar ese plazo, me asomé detrás de la pantalla, y ¡he aquí! Bartleby estaba allí.

Me abotoné el abrigo, me balanceé; avancé lentamente hacia él, le toqué el hombro y le dije: «Ha llegado el momento; debe abandonar este lugar; lo siento por usted; aquí tiene dinero, pero debe irse».

«Preferiría no hacerlo», contestó, aún de espaldas a mí.

«*Debe* hacerlo».

Permaneció en silencio.

Ahora bien, yo tenía una confianza ilimitada en la honradez común de este hombre. Con frecuencia me había devuelto monedas de seis peniques y chelines que se me habían caído al suelo por descuido, pues yo suelo ser muy imprudente en estos asuntos menores. El proceso que se produjo a continuación no se considerará entonces extraordinario.

«Bartleby», le dije, «le debo doce dólares a cuenta; aquí tiene treinta y dos; los veinte restantes son suyos... ¿quiere tomarlos?», y le entregué los billetes.

Pero él no hizo ningún movimiento.

«Los dejaré aquí entonces», poniéndolos bajo un peso sobre la mesa. Luego, cogiendo mi sombrero y mi bastón y dirigiéndome a la puerta, me volví tranquilamente y añadí: «después de que haya sacado sus cosas de estos despachos, Bartleby, por supuesto cerrará la puerta con llave —ya que todos se han ido por hoy menos usted— y, si le place, deslice su llave debajo del felpudo, para que yo pueda recogerla por la mañana.

again; so good-bye to you. If hereafter in your new place of abode I can be of any service to you, do not fail to advise me by letter. Good-bye, Bartleby, and fare you well."

But he answered not a word; like the last column of some ruined temple, he remained standing mute and solitary in the middle of the otherwise deserted room.

As I walked home in a pensive mood, my vanity got the better of my pity. I could not but highly plume myself on my masterly management in getting rid of Bartleby. Masterly I call it, and such it must appear to any dispassionate thinker. The beauty of my procedure seemed to consist in its perfect quietness. There was no vulgar bullying, no bravado of any sort, no choleric hectoring, and striding to and fro across the apartment, jerking out vehement commands for Bartleby to bundle himself off with his beggarly traps. Nothing of the kind. Without loudly bidding Bartleby depart—as an inferior genius might have done—I *assumed* the ground that depart he must; and upon that assumption built all I had to say. The more I thought over my procedure, the more I was charmed with it. Nevertheless, next morning, upon awakening, I had my doubts,—I had somehow slept off the fumes of vanity. One of the coolest and wisest hours a man has, is just after he awakes in the morning. My procedure seemed as sagacious as ever.—but only in theory. How it would prove in practice—there was the rub. It was truly a beautiful thought to have assumed Bartleby's departure; but, after all, that assumption was simply my own, and none of Bartleby's. The great point was, not whether I had assumed that he would quit me, but whether he would prefer so to do. He was more a man of preferences than assumptions.

After breakfast, I walked down town, arguing the probabilities *pro* and *con*. One moment I thought it would prove a miserable failure, and Bartleby would be found all alive at my office as usual; the next moment it seemed certain that I should see his chair empty. And so I kept veering about. At the corner of Broadway and Canal-street, I saw quite an excited group of people standing in earnest conversation.

"I'll take odds he doesn't," said a voice as I passed.

No volveré a verle; así que adiós. Si de aquí en adelante en su nuevo lugar de morada puedo serle de alguna utilidad, no deje de avisarme por carta. Adiós, Bartleby, y que le vaya bien».

Pero no respondió ni una palabra; como la última columna de algún templo en ruinas, permaneció de pie, mudo y solitario, en medio de la habitación, por lo demás desierta.

Mientras caminaba hacia casa con aire pensativo, mi vanidad pudo más que mi lástima. No podía sino enorgullecerme de mi magistral gestión al deshacerme de Bartleby. Magistral la llamo, y así debe parecerle a cualquier pensador desapasionado. La belleza de mi procedimiento parecía consistir en su perfecta tranquilidad. No hubo vulgares bravuconadas, ni bravuconadas de ningún tipo, ni coléricas reprimendas, ni zancadas de un lado a otro del apartamento, dando vehementes órdenes para que Bartleby se liara con sus mendaces trampas. Nada de eso. Sin pedirle a gritos a Bartleby que se marchara —como podría haber hecho alguien con menos talento—, había *supuesto* que debía marcharse, y sobre esa suposición construí todo lo que tenía que decir. Cuanto más pensaba en mi procedimiento, más me agradaba. Sin embargo, a la mañana siguiente, al despertar, tuve mis dudas... de algún modo había dormido sobre los vapores de la vanidad. Una de las horas más frescas y sabias que tiene un ser humano es justo después de despertarse por la mañana. Mi procedimiento parecía tan sagaz como siempre... pero sólo en teoría. Cómo resultaría en la práctica... ahí estaba el problema. Era realmente un hermoso pensamiento haber supuesto la partida de Bartleby; pero, después de todo, esa suposición era simplemente mía, y para nada de Bartleby. La gran cuestión no era si yo había supuesto que él me dejaría, sino si él preferiría hacerlo. Era más un hombre de preferencias que de suposiciones.

Después del desayuno, paseé por la ciudad, discutiendo las probabilidades a favor y en contra. En un momento pensé que resultaría un miserable fracaso, y que Bartleby se encontraría en mi oficina como de costumbre; al momento siguiente parecía seguro que vería su silla vacía. Y así seguí dando vueltas. En la esquina de Broadway y Canal Street, vi a un grupo de gente bastante excitada que conversaba seriamente.

«Apuesto a que no lo hace», dijo una voz al pasar.

"Doesn't go?—done!" said I, "put up your money."

I was instinctively putting my hand in my pocket to produce my own, when I remembered that this was an election day. The words I had overheard bore no reference to Bartleby, but to the success or non-success of some candidate for the mayoralty. In my intent frame of mind, I had, as it were, imagined that all Broadway shared in my excitement, and were debating the same question with me. I passed on, very thankful that the uproar of the street screened my momentary absent-mindedness.

As I had intended, I was earlier than usual at my office door. I stood listening for a moment. All was still. He must be gone. I tried the knob. The door was locked. Yes, my procedure had worked to a charm; he indeed must be vanished. Yet a certain melancholy mixed with this: I was almost sorry for my brilliant success. I was fumbling under the door mat for the key, which Bartleby was to have left there for me, when accidentally my knee knocked against a panel, producing a summoning sound, and in response a voice came to me from within—"Not yet; I am occupied."

It was Bartleby.

I was thunderstruck. For an instant I stood like the man who, pipe in mouth, was killed one cloudless afternoon long ago in Virginia, by a summer lightning; at his own warm open window he was killed, and remained leaning out there upon the dreamy afternoon, till some one touched him, when he fell.

"Not gone!" I murmured at last. But again obeying that wondrous ascendancy which the inscrutable scrivener had over me, and from which ascendancy, for all my chafing, I could not completely escape, I slowly went down stairs and out into the street, and while walking round the block, considered what I should next do in this unheard-of perplexity. Turn the man out by an actual thrusting I could not; to drive him away by calling him hard names would not do; calling in the police was an unpleasant idea; and yet, permit him to enjoy his cadaverous triumph over me,—this too I could not think of. What was to be done? or, if nothing could be done, was there any thing further

«¿Que no lo hará?... ¡hecho!», dije yo, «saque su dinero».

Instintivamente estaba metiendo la mano en el bolsillo para sacar el mío, cuando recordé que era un día de elecciones. Las palabras que había oído no hacían referencia a Bartleby, sino al éxito o no de algún candidato a la alcaldía. En mi estado de ánimo, había imaginado, por así decirlo, que todo Broadway compartía mi excitación y debatía conmigo la misma cuestión. Seguí adelante, muy agradecido de que el alboroto de la calle disimulara mi momentáneo distraimiento.

Como había previsto, llegué antes de lo habitual a la puerta de mi despacho. Me quedé escuchando un momento. Todo estaba en calma. Debía de haberse ido. Probé el pomo. La puerta estaba cerrada. Sí, mi procedimiento había funcionado a las mil maravillas; en efecto, debía de haberse esfumado. Sin embargo, una cierta melancolía se mezclaba con esto: casi lamentaba mi brillante éxito. Estaba tanteando bajo el felpudo de la puerta en busca de la llave, que Bartleby debía haber dejado allí para mí, cuando accidentalmente mi rodilla golpeó contra un panel, produciendo un sonido como si estuviera llamando a la puerta, y en respuesta me llegó una voz desde el interior: «Todavía no; estoy ocupado».

Era Bartleby.

Me quedé atónito. Por un instante me sentí como el hombre que, con la pipa en la boca, murió una tarde despejada hace mucho tiempo en Virginia, a causa de un relámpago de verano; en su propia y cálida ventana abierta murió, y permaneció allí asomado en la tarde de ensueño, hasta que alguien le tocó, y entonces cayó.

«¡No se ha ido!», murmuré al fin. Pero obedeciendo de nuevo a ese portentoso ascendiente que el inescrutable escribiente tenía sobre mí, y del que, por mucho que me quejara, no podía escapar del todo, bajé lentamente las escaleras y salí a la calle, y mientras daba una vuelta a la manzana, consideré qué debía hacer a continuación en esta inaudita perplejidad. Echarlo a empujones no podía; ahuyentarlo insultándolo duramente no serviría; llamar a la policía era una idea desagradable; y sin embargo, permitirle disfrutar de su cadavérico triunfo sobre mí... tampoco esto podía pensarlo. ¿Qué había que hacer? O, si no se podía hacer nada, ¿había algo más que yo pudiera *suponer* en el asunto? Sí,

that I could *assume* in the matter? Yes, as before I had prospectively assumed that Bartleby would depart, so now I might retrospectively assume that departed he was. In the legitimate carrying out of this assumption, I might enter my office in a great hurry, and pretending not to see Bartleby at all, walk straight against him as if he were air. Such a proceeding would in a singular degree have the appearance of a home-thrust. It was hardly possible that Bartleby could withstand such an application of the doctrine of assumptions. But upon second thoughts the success of the plan seemed rather dubious. I resolved to argue the matter over with him again.

"Bartleby," said I, entering the office, with a quietly severe expression, "I am seriously displeased. I am pained, Bartleby. I had thought better of you. I had imagined you of such a gentlemanly organization, that in any delicate dilemma a slight hint would have suffice—in short, an assumption. But it appears I am deceived. Why," I added, unaffectedly starting, "you have not even touched that money yet," pointing to it, just where I had left it the evening previous.

He answered nothing.

"Will you, or will you not, quit me?" I now demanded in a sudden passion, advancing close to him.

"I would prefer *not* to quit you," he replied, gently emphasizing the *not*.

"What earthly right have you to stay here? Do you pay any rent? Do you pay my taxes? Or is this property yours?"

He answered nothing.

"Are you ready to go on and write now? Are your eyes recovered? Could you copy a small paper for me this morning? or help examine a few lines? or step round to the post-office? In a word, will you do any thing at all, to give a coloring to your refusal to depart the premises?"

He silently retired into his hermitage.

igual que antes había supuesto anticipadamente que Bartleby se marcharía, ahora podría suponer retrospectivamente que se había marchado. Para llevar a cabo legítimamente esta suposición, podría entrar en mi despacho a toda prisa y, fingiendo no ver a Bartleby en absoluto, caminar directamente contra él como si fuera aire. Tal proceder tendría en grado singular la apariencia de una embestida casera. Era difícilmente posible que Bartleby pudiera resistir semejante aplicación de la doctrina de las suposiciones. Pero pensándolo mejor, el éxito del plan parecía bastante dudoso. Resolví volver a discutir el asunto con él.

«Bartleby», le dije, entrando en el despacho, con expresión tranquila y severa, «estoy seriamente disgustado. Estoy dolido, Bartleby. Había pensado mejor de usted. Había imaginado que tenía usted una organización tan caballerosa, que en cualquier delicado dilema habría bastado una leve insinuación... en resumen, una suposición. Pero parece que me he engañado. Vaya», añadí, sobresaltándome sin afectación, «ni siquiera ha tocado aún ese dinero», señalándolo, justo donde lo había dejado la noche anterior.

No respondió nada.

«¿Me abandonará o no me abandonará?», exigí ahora con súbita pasión, avanzando cerca de él.

«Preferiría no abandonarle», contestó, enfatizando suavemente el no.

«¿Qué derecho real tiene a quedarse aquí? ¿Paga usted algún alquiler? ¿Paga usted mis impuestos? ¿O esta propiedad es suya?».

No respondió nada.

«¿Está listo para seguir escribiendo ahora? ¿Ha recuperado la vista? ¿Podría copiar un pequeño documento para mí esta mañana? ¿o ayudarme a examinar unas líneas? ¿o darse una vuelta por la oficina de correos? En una palabra, ¿hará cualquier cosa para dar color a su negativa a abandonar las premisas?».

Se retiró en silencio a su ermita.

I was now in such a state of nervous resentment that I thought it but prudent to check myself at present from further demonstrations. Bartleby and I were alone. I remembered the tragedy of the unfortunate Adams and the still more unfortunate Colt in the solitary office of the latter; and how poor Colt, being dreadfully incensed by Adams, and imprudently permitting himself to get wildly excited, was at unawares hurried into his fatal act—an act which certainly no man could possibly deplore more than the actor himself. Often it had occurred to me in my ponderings upon the subject, that had that altercation taken place in the public street, or at a private residence, it would not have terminated as it did. It was the circumstance of being alone in a solitary office, up stairs, of a building entirely unhallowed by humanizing domestic associations—an uncarpeted office, doubtless, of a dusty, haggard sort of appearance;—this it must have been, which greatly helped to enhance the irritable desperation of the hapless Colt.

But when this old Adam of resentment rose in me and tempted me concerning Bartleby, I grappled him and threw him. How? Why, simply by recalling the divine injunction: "A new commandment give I unto you, that ye love one another." Yes, this it was that saved me. Aside from higher considerations, charity often operates as a vastly wise and prudent principle—a great safeguard to its possessor. Men have committed murder for jealousy's sake, and anger's sake, and hatred's sake, and selfishness' sake, and spiritual pride's sake; but no man that ever I heard of, ever committed a diabolical murder for sweet charity's sake. Mere self-interest, then, if no better motive can be enlisted, should, especially with high-tempered men, prompt all beings to charity and philanthropy. At any rate, upon the occasion in question, I strove to drown my exasperated feelings towards the scrivener by benevolently construing his conduct. Poor fellow, poor fellow! thought I, he don't mean any thing; and besides, he has seen hard times, and ought to be indulged.

I endeavored also immediately to occupy myself, and at the same time to comfort my despondency. I tried to fancy that in the course of the morning, at such time as might prove agreeable to him, Bartleby, of his own free accord, would emerge from his hermitage, and take up some decided line of march in the direction of the door. But

Ahora me encontraba en tal estado de resentimiento nervioso que me pareció prudente contenerme por el momento de hacer más demostraciones. Bartleby y yo estábamos solos. Recordé la tragedia del desafortunado Adams y el aún más desafortunado Colt en el despacho solitario de este último, y cómo el pobre Colt, terriblemente indignado por Adams, y permitiéndose imprudentemente una excitación salvaje, se vio empujado sin darse cuenta a su acto fatal... un acto que ciertamente nadie podría deplorar más que el propio actor. A menudo se me había ocurrido en mis cavilaciones sobre el tema, que si aquel altercado hubiera tenido lugar en la vía pública, o en una residencia privada, no habría terminado como lo hizo. Fue la circunstancia de estar solos en una oficina solitaria, escaleras arriba, de un edificio totalmente ajeno a asociaciones domésticas humanizadoras —una oficina sin alfombrar, sin duda, de aspecto polvoriento y raído— lo que debió de contribuir en gran medida a aumentar la irritable desesperación del desventurado Colt.

Pero cuando este viejo Adán del resentimiento se levantó en mí y me tentó con respecto a Bartleby, lo agarré y lo arrojé. ¿Cómo? Pues, simplemente recordando el mandato divino: «Un mandamiento nuevo os doy: que os améis unos a otros». Sí, esto fue lo que me salvó. Aparte de consideraciones más elevadas, la caridad opera a menudo como un principio enormemente sabio y prudente, una gran salvaguarda para su poseedor. Los hombres han cometido asesinatos por causa de los celos, y de la ira, y del odio, y del egoísmo, y del orgullo espiritual; pero ningún hombre del que yo haya oído hablar, ha cometido jamás un asesinato diabólico por causa de la dulce caridad. El mero interés propio, pues, si no se puede esgrimir un motivo mejor, debería, especialmente en los hombres de temperamento elevado, impulsar a todos los seres a la caridad y la filantropía. En cualquier caso, en la ocasión en cuestión, me esforcé por ahogar mis exasperados sentimientos hacia el escribiente interpretando con benevolencia su conducta. ¡Pobre hombre, pobre hombre! pensé, no quiere decir nada; y además, ha vivido tiempos difíciles, y debería ser apreciado.

Me esforcé también de inmediato por ocuparme en algo y, al mismo tiempo, reconfortar mi abatimiento. Intenté imaginar que en el transcurso de la mañana, a la hora que le resultara más agradable, Bartleby, por propia voluntad, saldría de su ermita y emprendería alguna ruta decidida en dirección a la puerta. Pero no. Llegaron las doce y media;

no. Half-past twelve o'clock came; Turkey began to glow in the face, overturn his inkstand, and become generally obstreperous; Nippers abated down into quietude and courtesy; Ginger Nut munched his noon apple; and Bartleby remained standing at his window in one of his profoundest dead-wall reveries. Will it be credited? Ought I to acknowledge it? That afternoon I left the office without saying one further word to him.

Some days now passed, during which, at leisure intervals I looked a little into "Edwards on the Will," and "Priestly on Necessity." Under the circumstances, those books induced a salutary feeling. Gradually I slid into the persuasion that these troubles of mine touching the scrivener, had been all predestinated from eternity, and Bartleby was billeted upon me for some mysterious purpose of an all-wise Providence, which it was not for a mere mortal like me to fathom. Yes, Bartleby, stay there behind your screen, thought I; I shall persecute you no more; you are harmless and noiseless as any of these old chairs; in short, I never feel so private as when I know you are here. At last I see it, I feel it; I penetrate to the predestinated purpose of my life. I am content. Others may have loftier parts to enact; but my mission in this world, Bartleby, is to furnish you with office-room for such period as you may see fit to remain.

I believe that this wise and blessed frame of mind would have continued with me, had it not been for the unsolicited and uncharitable remarks obtruded upon me by my professional friends who visited the rooms. But thus it often is, that the constant friction of illiberal minds wears out at last the best resolves of the more generous. Though to be sure, when I reflected upon it, it was not strange that people entering my office should be struck by the peculiar aspect of the unaccountable Bartleby, and so be tempted to throw out some sinister observations concerning him. Sometimes an attorney having business with me, and calling at my office and finding no one but the scrivener there, would undertake to obtain some sort of precise information from him touching my whereabouts; but without heeding his idle talk, Bartleby would remain standing immovable in the middle of the room. So after contemplating him in that position for a time, the attorney would depart, no wiser than he came.

Turkey empezó a brillar en la cara, a volcar su tintero y a volverse en general obstinado; Nippers se redujo a la quietud y la cortesía; Ginger Nut masticó su manzana del mediodía; y Bartleby permaneció de pie junto a su ventana en uno de sus más profundos ensueños de pared muerta. ¿Me creerían? ¿Debo reconocerlo? Aquella tarde salí de la oficina sin decirle ni una palabra más.

Pasaron algunos días, durante los cuales, a intervalos de ocio, hojeé un poco «Sobre la voluntad» de Edwards y «Sobre la necesidad» de Priestley. Dadas las circunstancias, esos libros me indujeron un sentimiento saludable. Poco a poco fui persuadiéndome de que todos mis problemas con el escribiente estaban predestinados desde la eternidad, y que Bartleby me había sido asignado por algún misterioso propósito de una Providencia omnisapiente, que un simple mortal como yo no podía desentrañar. Sí, Bartleby, quédese ahí detrás de su biombo, pensé yo; no le perseguiré más; es usted inofensivo e insonoro como cualquiera de estas viejas sillas; en fin, nunca me siento tan en privado como cuando sé que está usted aquí. Por fin lo veo, lo siento; penetro en el propósito predestinado de mi vida. Estoy contento. Puede que otros tengan papeles más elevados que representar pero mi misión en este mundo, Bartleby, es proporcionarle un despacho durante el tiempo que considere oportuno quedarse.

Creo que este sabio y bendito estado de ánimo habría continuado conmigo, de no haber sido por los comentarios no solicitados y poco caritativos que me hicieron mis amigos profesionales que visitaban el despacho. Pero así sucede a menudo, que la fricción constante de mentes poco liberales desgasta al final las mejores resoluciones de los más generosos. Aunque, a decir verdad, cuando reflexioné sobre ello, no era extraño que a la gente que entraba en mi despacho le llamara la atención el peculiar aspecto del inexplicable Bartleby y se sintiera así tentada a lanzar algunas observaciones siniestras sobre él. A veces, un abogado que tenía negocios conmigo y que acudía a mi despacho y no encontraba allí a nadie más que al escribiente, se empeñaba en obtener de él algún tipo de información precisa sobre mi paradero pero, sin hacer caso de su ociosa charla, Bartleby permanecía de pie e inmóvil en medio de la habitación. Así que tras contemplarle en esa posición durante un rato, el abogado se marcharía, sin saber más que cuando llegó.

Also, when a Reference was going on, and the room full of lawyers and witnesses and business was driving fast; some deeply occupied legal gentleman present, seeing Bartleby wholly unemployed, would request him to run round to his (the legal gentleman's) office and fetch some papers for him. Thereupon, Bartleby would tranquilly decline, and yet remain idle as before. Then the lawyer would give a great stare, and turn to me. And what could I say? At last I was made aware that all through the circle of my professional acquaintance, a whisper of wonder was running round, having reference to the strange creature I kept at my office. This worried me very much. And as the idea came upon me of his possibly turning out a long-lived man, and keep occupying my chambers, and denying my authority; and perplexing my visitors; and scandalizing my professional reputation; and casting a general gloom over the premises; keeping soul and body together to the last upon his savings (for doubtless he spent but half a dime a day), and in the end perhaps outlive me, and claim possession of my office by right of his perpetual occupancy: as all these dark anticipations crowded upon me more and more, and my friends continually intruded their relentless remarks upon the apparition in my room; a great change was wrought in me. I resolved to gather all my faculties together, and for ever rid me of this intolerable incubus.

Ere revolving any complicated project, however, adapted to this end, I first simply suggested to Bartleby the propriety of his permanent departure. In a calm and serious tone, I commended the idea to his careful and mature consideration. But having taken three days to meditate upon it, he apprised me that his original determination remained the same; in short, that he still preferred to abide with me.

What shall I do? I now said to myself, buttoning up my coat to the last button. What shall I do? what ought I to do? what does conscience say I *should* do with this man, or rather ghost. Rid myself of him, I must; go, he shall. But how? You will not thrust him, the poor, pale, passive mortal,—you will not thrust such a helpless creature out of your door? you will not dishonor yourself by such cruelty? No, I will not, I cannot do that. Rather would I let him live and die here, and then mason up his remains in the wall. What then will you do? For all your coaxing, he will not budge. Bribes he leaves under your own

También, cuando se revisaba un caso y la sala estaba llena de abogados y testigos y los negocios avanzaban a toda velocidad, algún caballero letrado presente, muy ocupado, al ver a Bartleby totalmente ocioso, le pedía que corriera a su despacho (el del caballero letrado) y le trajera algunos papeles. En ese momento, Bartleby declinaría tranquilamente y permanecería tan ocioso como antes. Entonces el abogado lanzaba una gran mirada y se volvía hacia mí. ¿Y qué podía decir yo? Por fin fui consciente de que por todo el círculo de mis conocidos profesionales corría un murmullo de asombro que hacía referencia a la extraña criatura que guardaba en mi despacho. Esto me preocupaba mucho. Y a medida que me asaltaba la idea de que posiblemente se convertiría en un hombre longevo, y seguiría ocupando mis aposentos, y negando mi autoridad; y desconcertando a mis visitantes; y escandalizando mi reputación profesional; y arrojando una penumbra general sobre las premisas; manteniendo alma y cuerpo unidos hasta el final con sus ahorros (pues sin duda no gastaba más que cinco centavos al día), y al final quizás viviera más que yo, y reclamara la posesión de mi despacho por derecho de su ocupación perpetua... a medida que todas estas oscuras anticipaciones se agolpaban más y más en mi mente, y mis amigos inmiscuían continuamente sus implacables comentarios sobre la aparición en mi habitación, un gran cambio se operó en mí. Resolví reunir todas mis facultades y librarme para siempre de este intolerable íncubo.

Sin embargo, antes de dar vueltas a cualquier complicado proyecto adaptado a este fin, me limité a sugerir a Bartleby la conveniencia de su marcha definitiva. En un tono tranquilo y serio, encomendé la idea a su cuidadosa y madura consideración. Pero después de tomarse tres días para meditarlo, me comunicó que su determinación original seguía siendo la misma; en resumen, que seguía prefiriendo quedarse conmigo.

¿Qué voy a hacer? me dije ahora, abrochándome el abrigo hasta el último botón. ¿Qué *debo* hacer? ¿Qué tengo que hacer? ¿Qué me dice la conciencia que debo hacer con este hombre, o más bien fantasma? Deshacerme de él, debo; irse, se irá. ¿Pero cómo? ¿Usted no le empujará, al pobre, pálido y pasivo mortal... no empujará a una criatura tan indefensa fuera de su puerta? ¿no se deshonrará a sí mismo con tal crueldad? No, no lo haré, no puedo hacer eso. Más bien le dejaría vivir y morir aquí, y luego albañilaría sus restos en el muro. ¿Qué hará entonces? Por más que lo persuada, no cederá. Los sobornos los deja bajo su propio

paperweight on your table; in short, it is quite plain that he prefers to cling to you.

Then something severe, something unusual must be done. What! surely you will not have him collared by a constable, and commit his innocent pallor to the common jail? And upon what ground could you procure such a thing to be done?—a vagrant, is he? What! he a vagrant, a wanderer, who refuses to budge? It is because he will *not* be a vagrant, then, that you seek to count him *as* a vagrant. That is too absurd. No visible means of support: there I have him. Wrong again: for indubitably he *does* support himself, and that is the only unanswerable proof that any man can show of his possessing the means so to do. No more then. Since he will not quit me, I must quit him. I will change my offices; I will move elsewhere; and give him fair notice, that if I find him on my new premises I will then proceed against him as a common trespasser.

Acting accordingly, next day I thus addressed him: "I find these chambers too far from the City Hall; the air is unwholesome. In a word, I propose to remove my offices next week, and shall no longer require your services. I tell you this now, in order that you may seek another place."

He made no reply, and nothing more was said.

On the appointed day I engaged carts and men, proceeded to my chambers, and having but little furniture, every thing was removed in a few hours. Throughout, the scrivener remained standing behind the screen, which I directed to be removed the last thing. It was withdrawn; and being folded up like a huge folio, left him the motionless occupant of a naked room. I stood in the entry watching him a moment, while something from within me upbraided me.

I re-entered, with my hand in my pocket—and—and my heart in my mouth.

"Good-bye, Bartleby; I am going—good-bye, and God some way bless you; and take that," slipping something in his hand. But it dropped upon the floor, and then,—strange to say—I tore myself from

pisapapeles en su mesa; en resumen, está bastante claro que prefiere aferrarse a usted.

Entonces debe hacerse algo severo, algo inusual. ¿Qué? ¿Seguro que no hará que un alguacil lo arreste y envíe su inocente palidez a la cárcel común? ¿Y sobre qué base podría usted procurar que se hiciera tal cosa...? ¿Es un vagabundo? ¿Qué? ¿Un vagabundo, un deambulante, que se niega a ceder? Es porque *no* quiere ser un vagabundo, entonces, que usted busca contarlo *como* un vagabundo. Eso es demasiado absurdo. No tiene medios visibles de sustento: ahí lo tengo. Se equivoca de nuevo: porque indudablemente *se* mantiene a sí mismo, y esa es la única prueba irrefutable que cualquier hombre puede mostrar de que posee los medios para hacerlo. Nada más entonces. Puesto que él no me abandona, yo debo abandonarle a él. Cambiaré mis oficinas; me mudaré a otro lugar; y le daré un aviso justo, de que si lo encuentro en mis nuevas instalaciones entonces procederé contra él como si fuera un intruso común.

Actuando en consecuencia, al día siguiente me dirigí así a él: «Encuentro este despacho demasiado lejos del Ayuntamiento; el aire es malsano. En una palabra, me propongo trasladar mis oficinas la semana próxima y ya no requeriré sus servicios. Le digo esto ahora, para que pueda buscar otro lugar».

No respondió y no se dijo nada más.

El día señalado, contraté carros y hombres, me dirigí a mis aposentos y, al tener pocos muebles, todo fue retirado en pocas horas. Durante todo ese tiempo, el escribiente permaneció de pie detrás del biombo, que ordené retirar lo último. Fue retirado; y al ser doblado como un enorme folio, le dejó como el inmóvil ocupante de una habitación desnuda. Me quedé en la entrada observándole un momento, mientras algo en mi interior me reprendía.

Volví a entrar, con la mano en el bolsillo... y... y el corazón en la boca.

«Adiós, Bartleby; me voy... adiós, y que Dios le bendiga de algún modo; y tome esto», dije, deslizando algo en su mano. Pero se le cayó al suelo, y entonces —extraño es decirlo— me arranqué de aquel de quien tanto

him whom I had so longed to be rid of.

Established in my new quarters, for a day or two I kept the door locked, and started at every footfall in the passages. When I returned to my rooms after any little absence, I would pause at the threshold for an instant, and attentively listen, ere applying my key. But these fears were needless. Bartleby never came nigh me.

I thought all was going well, when a perturbed looking stranger visited me, inquiring whether I was the person who had recently occupied rooms at No.—Wall-street.

Full of forebodings, I replied that I was.

"Then sir," said the stranger, who proved a lawyer, "you are responsible for the man you left there. He refuses to do any copying; he refuses to do any thing; he says he prefers not to; and he refuses to quit the premises."

"I am very sorry, sir," said I, with assumed tranquility, but an inward tremor, "but, really, the man you allude to is nothing to me—he is no relation or apprentice of mine, that you should hold me responsible for him."

"In mercy's name, who is he?"

"I certainly cannot inform you. I know nothing about him. Formerly I employed him as a copyist; but he has done nothing for me now for some time past."

"I shall settle him then,—good morning, sir."

Several days passed, and I heard nothing more; and though I often felt a charitable prompting to call at the place and see poor Bartleby, yet a certain squeamishness of I know not what withheld me.

All is over with him, by this time, thought I at last, when through another week no further intelligence reached me. But coming to my room the day after, I found several persons waiting at my door in a

había deseado librarme.

Establecido en mis nuevos aposentos, durante uno o dos días mantuve la puerta cerrada y me sobresalté a cada pisada en los pasillos. Cuando regresaba a mis dependencias después de cualquier pequeña ausencia, me detenía un instante en el umbral y escuchaba atentamente antes de echar la llave. Pero estos temores eran innecesarios. Bartleby nunca se acercó a mí.

Pensaba que todo iba bien, cuando me visitó un desconocido de aspecto perturbado, preguntándome si yo era la persona que había ocupado recientemente las habitaciones del N°... de Wall Street.

Lleno de presentimientos, le contesté que sí.

«Entonces, señor», dijo el desconocido, que resultó ser abogado, «usted es responsable del hombre que dejó allí. Se niega a copiar; se niega a hacer cualquier cosa; dice que prefiere no hacerlo; y se niega a abandonar las premisas».

«Lo siento mucho, señor», dije, con supuesta tranquilidad, pero con un temblor interior, «pero, en realidad, el hombre al que usted alude no es nada para mí... no es pariente ni aprendiz mío, como para que usted me considere responsable de él».

«En nombre de la misericordia, ¿quién es?».

«Ciertamente no puedo informarle. No sé nada de él. Antes le empleaba como copista; pero hace tiempo que no hace nada para mí».

«Lo resolveré entonces... buenos días, señor».

Pasaron varios días y no supe nada más; y aunque a menudo sentía un impulso caritativo de pasar por el lugar y ver al pobre Bartleby, sin embargo, una cierta aprensión de no sé qué me lo impedía.

Ya todo está acabado, a estas alturas, pensé al fin, cuando a lo largo de otra semana no me llegó ninguna otra información. Pero al llegar a mi despacho al día siguiente, encontré a varias personas esperando en mi

high state of nervous excitement.

"That's the man—here he comes," cried the foremost one, whom I recognized as the lawyer who had previously called upon me alone.

"You must take him away, sir, at once," cried a portly person among them, advancing upon me, and whom I knew to be the landlord of No.—Wall-street. "These gentlemen, my tenants, cannot stand it any longer; Mr. B—" pointing to the lawyer, "has turned him out of his room, and he now persists in haunting the building generally, sitting upon the banisters of the stairs by day, and sleeping in the entry by night. Every body is concerned; clients are leaving the offices; some fears are entertained of a mob; something you must do, and that without delay."

Aghast at this torrent, I fell back before it, and would fain have locked myself in my new quarters. In vain I persisted that Bartleby was nothing to me—no more than to any one else. In vain:—I was the last person known to have any thing to do with him, and they held me to the terrible account. Fearful then of being exposed in the papers (as one person present obscurely threatened) I considered the matter, and at length said, that if the lawyer would give me a confidential interview with the scrivener, in his (the lawyer's) own room, I would that afternoon strive my best to rid them of the nuisance they complained of.

Going up stairs to my old haunt, there was Bartleby silently sitting upon the banister at the landing.

"What are you doing here, Bartleby?" said I.

"Sitting upon the banister," he mildly replied.

I motioned him into the lawyer's room, who then left us.

"Bartleby," said I, "are you aware that you are the cause of great tribulation to me, by persisting in occupying the entry after being dismissed from the office?"

puerta en un alto estado de excitación nerviosa.

«Ése es el hombre... ahí viene», gritó el que estaba más adelante, al que reconocí como el abogado que antes me había visitado a solas.

«Debe llevárselo, señor, de inmediato», gritó una persona corpulenta entre ellos, avanzando hacia mí, y supe que era el casero del N°... de Wall Street. «Estos caballeros, mis inquilinos, no pueden soportarlo más; Mr. B...», señalando al abogado, «lo ha echado de su despacho, ahora persiste en rondar por el edificio, sentándose en las barandillas de la escalera de día y durmiendo en la entrada de noche. Todo el mundo está preocupado; los clientes están abandonando las oficinas; se teme que haya una pandilla; algo hay que hacer, y eso sin demora».

Atónito ante este torrente, retrocedí ante éste... y de buena gana me habría encerrado en mis nuevos aposentos. En vano insistí en que Bartleby no era nada para mí... no más que para cualquier otra persona. En vano... yo era la última persona conocida que tenía algo que ver con él, y me hicieron cargar con la terrible responsabilidad. Temeroso entonces de ser expuesto en los periódicos (como amenazó oscuramente una persona presente) consideré el asunto y al final dije que si el abogado me concedía una entrevista confidencial con el escribiente, en su propio despacho (el del abogado), esa tarde me esforzaría al máximo para librarles de la molestia de la que se quejaban.

Al subir las escaleras de mi antigua guarida, allí estaba Bartleby silenciosamente sentado en la barandilla del rellano.

«¿Qué hace aquí, Bartleby?», le dije.

«Sentado en la barandilla», respondió con suavidad.

Le hice señas para que entrara en el despacho del abogado, que nos dejó.

«Bartleby», le dije, «¿es usted consciente de que es la causa de un gran disgusto para mí, al persistir en ocupar la entrada después de haber sido despedido de la oficina?».

No answer.

"Now one of two things must take place. Either you must do something, or something must be done to you. Now what sort of business would you like to engage in? Would you like to re-engage in copying for some one?"

"No; I would prefer not to make any change."

"Would you like a clerkship in a dry-goods store?"

"There is too much confinement about that. No, I would not like a clerkship; but I am not particular."

"Too much confinement," I cried, "why you keep yourself confined all the time!"

"I would prefer not to take a clerkship," he rejoined, as if to settle that little item at once.

"How would a bar-tender's business suit you? There is no trying of the eyesight in that."

"I would not like it at all; though, as I said before, I am not particular."

His unwonted wordiness inspirited me. I returned to the charge.

"Well then, would you like to travel through the country collecting bills for the merchants? That would improve your health."

"No, I would prefer to be doing something else."

"How then would going as a companion to Europe, to entertain some young gentleman with your conversation,—how would that suit you?"

"Not at all. It does not strike me that there is any thing definite about that. I like to be stationary. But I am not particular."

No hubo respuesta.

«Ahora debe ocurrir una de dos cosas. O usted debe hacer algo, o algo debe hacérsele a usted. Ahora, ¿a qué tipo de negocio le gustaría dedicarse? ¿Le gustaría volver a dedicarse a copiar para alguien?».

«No; preferiría no hacer ningún cambio».

«¿Le gustaría un puesto de dependiente en una tienda de ropa?».

«Hay demasiado encierro en eso. No, no me gustaría un puesto de dependiente; pero no soy quisquilloso».

«Demasiado confinamiento», grité, «¡por qué se mantiene confinado todo el tiempo!».

«Preferiría no aceptar un puesto de dependiente», replicó, como para zanjar ese pequeño asunto de una vez.

«¿Qué le parecería el negocio de camarero de bar? Para eso no hace falta buena vista».

«No me gustaría para nada; aunque, como he dicho antes, no soy quisquilloso».

Su locuacidad inusitada me inspiró. Volví a la carga.

«Bueno, entonces, ¿le gustaría viajar por el país cobrando facturas para los comerciantes? Eso mejoraría su salud».

«No, preferiría dedicarme a otra cosa».

«¿Qué le parecería entonces ir como acompañante a Europa, para entretener a algún joven caballero con su conversación... cómo le sentaría eso?».

«Para nada. No me parece que haya nada en especial al respecto. Me gusta estar inmóvil. Pero no soy quisquilloso».

"Stationary you shall be then," I cried, now losing all patience, and for the first time in all my exasperating connection with him fairly flying into a passion. "If you do not go away from these premises before night, I shall feel bound—indeed I *am* bound—to—to—to quit the premises myself!" I rather absurdly concluded, knowing not with what possible threat to try to frighten his immobility into compliance. Despairing of all further efforts, I was precipitately leaving him, when a final thought occurred to me—one which had not been wholly unindulged before.

"Bartleby," said I, in the kindest tone I could assume under such exciting circumstances, "will you go home with me now—not to my office, but my dwelling—and remain there till we can conclude upon some convenient arrangement for you at our leisure? Come, let us start now, right away."

"No: at present I would prefer not to make any change at all."

I answered nothing; but effectually dodging every one by the suddenness and rapidity of my flight, rushed from the building, ran up Wall-street towards Broadway, and jumping into the first omnibus was soon removed from pursuit. As soon as tranquility returned I distinctly perceived that I had now done all that I possibly could, both in respect to the demands of the landlord and his tenants, and with regard to my own desire and sense of duty, to benefit Bartleby, and shield him from rude persecution. I now strove to be entirely care-free and quiescent; and my conscience justified me in the attempt; though indeed it was not so successful as I could have wished. So fearful was I of being again hunted out by the incensed landlord and his exasperated tenants, that, surrendering my business to Nippers, for a few days I drove about the upper part of the town and through the suburbs, in my rockaway; crossed over to Jersey City and Hoboken, and paid fugitive visits to Manhattanville and Astoria. In fact I almost lived in my rockaway for the time.

When again I entered my office, lo, a note from the landlord lay upon the desk. I opened it with trembling hands. It informed me that the writer had sent to the police, and had Bartleby removed to the Tombs as a vagrant. Moreover, since I knew more about him than any one else, he wished me to appear at that place, and make a suitable

«Inmóvil estará usted entonces», grité, perdiendo ahora toda la paciencia y, por primera vez en toda mi exasperante relación con él, bastante apasionado. «¡Si no se marcha de estas premisas antes de la noche, me sentiré obligado, de hecho estoy obligado, a... a... a abandonar las premisas yo mismo!», concluí bastante absurdamente, sin saber con qué posible amenaza tratar de asustar su inmovilidad para que accediera. Desesperando de todo esfuerzo adicional, me estaba alejando apresuradamente de él, cuando se me ocurrió un último pensamiento... uno al que no había renunciado del todo antes.

«Bartleby», le dije, en el tono más amable que podía asumir en circunstancias tan excitantes, «¿quiere venir a casa conmigo ahora, no a mi oficina, sino a mi vivienda, y permanecer allí hasta que podamos concluir algún arreglo conveniente para usted en nuestro tiempo libre? Vamos, partamos ahora mismo».

«No, de momento preferiría no hacer ningún cambio».

No respondí nada; pero esquivando eficazmente a todos por la brusquedad y rapidez de mi huida, salí corriendo del edificio, corrí por Wall Street hacia Broadway, y saltando al primer ómnibus me vi pronto fuera de persecución. En cuanto recobré la tranquilidad, percibí claramente que ya había hecho todo lo que podía, tanto respecto a las exigencias del propietario y sus inquilinos como respecto a mi propio deseo y sentido del deber, para beneficiar a Bartleby y protegerlo de una ruda persecución. Ahora me esforzaba por estar totalmente despreocupado y tranquilo, y mi conciencia me justificaba en el intento; aunque en verdad no tuvo tanto éxito como hubiera deseado. Tan temeroso estaba de volver a ser perseguido por el indignado propietario y sus exasperados inquilinos que, cediendo mi negocio a Nippers, durante unos días recorrí la parte alta de la ciudad y los suburbios en mi coche; crucé a Jersey City y Hoboken y realicé visitas fugitivas a Manhattanville y Astoria. De hecho, casi viví en mi coche durante ese tiempo.

Cuando entré de nuevo en mi despacho, he aquí que una nota del casero yacía sobre el escritorio. La abrí con manos temblorosas. Me informaba de que el redactor había enviado a la policía y había hecho que Bartleby fuera trasladado a Las Tumbas como vagabundo. Además, como yo sabía más de él que nadie, deseaba que me presentara en aquel

statement of the facts. These tidings had a conflicting effect upon me. At first I was indignant; but at last almost approved. The landlord's energetic, summary disposition had led him to adopt a procedure which I do not think I would have decided upon myself; and yet as a last resort, under such peculiar circumstances, it seemed the only plan.

As I afterwards learned, the poor scrivener, when told that he must be conducted to the Tombs, offered not the slightest obstacle, but in his pale unmoving way, silently acquiesced.

Some of the compassionate and curious bystanders joined the party; and headed by one of the constables arm in arm with Bartleby, the silent procession filed its way through all the noise, and heat, and joy of the roaring thoroughfares at noon.

The same day I received the note I went to the Tombs, or to speak more properly, the Halls of Justice. Seeking the right officer, I stated the purpose of my call, and was informed that the individual I described was indeed within. I then assured the functionary that Bartleby was a perfectly honest man, and greatly to be compassionated, however unaccountably eccentric. I narrated all I knew, and closed by suggesting the idea of letting him remain in as indulgent confinement as possible till something less harsh might be done—though indeed I hardly knew what. At all events, if nothing else could be decided upon, the alms-house must receive him. I then begged to have an interview.

Being under no disgraceful charge, and quite serene and harmless in all his ways, they had permitted him freely to wander about the prison, and especially in the inclosed grass-platted yard thereof. And so I found him there, standing all alone in the quietest of the yards, his face towards a high wall, while all around, from the narrow slits of the jail windows, I thought I saw peering out upon him the eyes of murderers and thieves.

"Bartleby!"

"I know you," he said, without looking round,—"and I want nothing to say to you."

lugar y que hiciera una declaración adecuada de los hechos. Estas noticias tuvieron un efecto contradictorio sobre mí. Al principio me indigné; pero al final casi las aprobé. La disposición enérgica y sumaria del casero le había llevado a adoptar un procedimiento que no creo que yo mismo hubiera decidido y sin embargo, como último recurso en circunstancias tan peculiares, parecía el único plan.

Como supe más tarde, el pobre escribiente, cuando le dijeron que debía ser conducido a Las Tumbas, no ofreció el menor obstáculo, sino que, con su pálida impasibilidad, consintió en silencio.

Algunos de los compasivos y curiosos transeúntes se unieron a la comitiva y, encabezada por uno de los alguaciles del brazo de Bartleby, la silenciosa procesión se abrió paso a través de todo el ruido, el calor y la alegría de las bulliciosas calles del mediodía.

El mismo día que recibí la nota me dirigí a Las Tumbas o, para hablar con más propiedad, a los Salones de Justicia. Buscando al funcionario adecuado, expuse el propósito de mi llamada y me informaron que el individuo que describía se encontraba efectivamente dentro. Entonces aseguré al funcionario que Bartleby era un hombre perfectamente honesto, y muy digno de compasión, por muy inexplicablemente excéntrico que fuera. Le narré todo lo que sabía y concluí sugiriendo la idea de dejarle permanecer en un confinamiento lo más indulgente posible hasta que se pudiera hacer algo menos duro... aunque en realidad apenas sabía qué. En cualquier caso, si no se podía decidir otra cosa, el asilo debía acogerlo. Entonces le rogué tener una entrevista.

Como no estaba sometido a ninguna acusación vergonzosa y era bastante sereno e inofensivo en todos sus actos, le habían permitido vagar libremente por la prisión, especialmente por el patio cerrado y cubierto de hierba de la misma. Y así lo encontré allí, de pie, completamente solo, en el más tranquilo de los patios, con la cara hacia un alto muro, mientras a su alrededor, desde las estrechas rendijas de las ventanas de la cárcel, me pareció ver asomarse sobre él los ojos de asesinos y ladrones.

«¡Bartleby!».

«Le conozco», dijo, sin mirar atrás... «y no quiero decirle nada».

"It was not I that brought you here, Bartleby," said I, keenly pained at his implied suspicion. "And to you, this should not be so vile a place. Nothing reproachful attaches to you by being here. And see, it is not so sad a place as one might think. Look, there is the sky, and here is the grass."

"I know where I am," he replied, but would say nothing more, and so I left him.

As I entered the corridor again, a broad meat-like man, in an apron, accosted me, and jerking his thumb over his shoulder said—"Is that your friend?"

"Yes."

"Does he want to starve? If he does, let him live on the prison fare, that's all."

"Who are you?" asked I, not knowing what to make of such an unofficially speaking person in such a place.

"I am the grub-man. Such gentlemen as have friends here, hire me to provide them with something good to eat."

"Is this so?" said I, turning to the turnkey.

He said it was.

"Well then," said I, slipping some silver into the grub-man's hands (for so they called him). "I want you to give particular attention to my friend there; let him have the best dinner you can get. And you must be as polite to him as possible."

"Introduce me, will you?" said the grub-man, looking at me with an expression which seem to say he was all impatience for an opportunity to give a specimen of his breeding.

Thinking it would prove of benefit to the scrivener, I acquiesced; and asking the grub-man his name, went up with him to Bartleby.

«No fui yo quien le trajo aquí, Bartleby», dije, vivamente dolido por su sospecha implícita. «Y para usted, éste no debería ser un lugar tan vil. Nada reprochable se le atribuye a usted por estar aquí. Y mire, no es un lugar tan triste como uno podría pensar. Mire, ahí está el cielo y aquí la hierba».

«Sé dónde estoy», respondió, pero no quiso decir nada más, así que le dejé.

Al entrar de nuevo en el pasillo, un hombre ancho y con aspecto carnoso, vestido con un delantal, me abordó y sacudiendo el pulgar por encima del hombro me dijo: «¿Es ese su amigo?».

«Sí».

«¿Quiere morirse de hambre? Si eso quiere, que viva de la comida de la cárcel, eso es todo».

«¿Quién es usted?», pregunté yo, sin saber qué pensar de una persona que hablaba tan extraoficialmente en un lugar así.

«Soy el hombre de los guisos. Los caballeros que tienen amigos aquí me contratan para proporcionarles algo bueno de comer».

«¿Es así?», dije, volviéndome hacia el carcelero.

Dijo que sí.

«Pues bien», dije, deslizando algunas monedas de plata en las manos del hombre de los guisos (porque así le llamaban). «Quiero que preste especial atención a mi amigo allí presente; que le sirva la mejor cena que pueda conseguir. Y debe ser lo más cortés posible con él».

«Presénteme, ¿quiere?», dijo el hombre de los guisos, mirándome con una expresión que parecía indicar su impaciencia por tener una oportunidad de dar una muestra de su buena crianza.

Pensando que resultaría beneficioso para el escribiente, accedí y, preguntando al hombre de los guisos su nombre, fui con él hasta Bartleby.

"Bartleby, this is Mr. Cutlets; you will find him very useful to you."

"Your sarvant, sir, your sarvant," said the grub-man, making a low salutation behind his apron. "Hope you find it pleasant here, sir;—spacious grounds—cool apartments, sir—hope you'll stay with us some time—try to make it agreeable. May Mrs. Cutlets and I have the pleasure of your company to dinner, sir, in Mrs. Cutlets' private room?"

"I prefer not to dine to-day," said Bartleby, turning away. "It would disagree with me; I am unused to dinners." So saying he slowly moved to the other side of the inclosure, and took up a position fronting the dead-wall.

"How's this?" said the grub-man, addressing me with a stare of astonishment. "He's odd, aint he?"

"I think he is a little deranged," said I, sadly.

"Deranged? deranged is it? Well now, upon my word, I thought that friend of yourn was a gentleman forger; they are always pale and genteel-like, them forgers. I can't pity 'em—can't help it, sir. Did you know Monroe Edwards?" he added touchingly, and paused. Then, laying his hand pityingly on my shoulder, sighed, "he died of consumption at Sing-Sing. So you weren't acquainted with Monroe?"

"No, I was never socially acquainted with any forgers. But I cannot stop longer. Look to my friend yonder. You will not lose by it. I will see you again."

Some few days after this, I again obtained admission to the Tombs, and went through the corridors in quest of Bartleby; but without finding him.

"I saw him coming from his cell not long ago," said a turnkey, "may be he's gone to loiter in the yards."

So I went in that direction.

«Bartleby, éste es Mr. Cutlets; le resultará muy útil».

«Su sirviente, señor, su sirviente», dijo el hombre de los guisos, haciendo un saludo por detrás de su delantal. «Espero que le resulte agradable estar aquí, señor... terrenos espaciosos... apartamentos frescos, señor... espero que se quede con nosotros algún tiempo... procuraremos que sea agradable. ¿Podemos Mrs. Cutlets y yo tener el placer de su compañía para cenar, señor en la habitación privada de Mrs. Cutlets?».

«Prefiero no cenar hoy», dijo Bartleby, dándose la vuelta. «No me sentaría bien; no estoy acostumbrado a las cenas». Diciendo esto se dirigió lentamente hacia el otro lado del recinto y tomó posición frente al muro muerto.

«¿Cómo es esto?», dijo el hombre de los guisos, dirigiéndose a mí con una mirada de asombro. «Es raro, ¿verdad?».

«Creo que está un poco trastornado», dije yo, con tristeza.

«¿Trastornado? ¿Está trastornado? Bueno, ahora, le juro que pensé que ese amigo suyo era un caballero falsificador; siempre son pálidos y gentiles, esos falsificadores. No puedo compadecerme de ellos... no puedo evitarlo, señor. ¿Conocía usted a Monroe Edwards?», añadió conmovido, e hizo una pausa. Luego, posando su mano compasivamente sobre mi hombro, suspiró: «Murió de tisis en Sing-Sing. ¿Así que no conocía a Monroe?».

«No, nunca conocí en sociedad a ningún falsificador. Pero no puedo detenerme más. Observe a mi amigo. No perderá por ello. Nos volveremos a ver».

Pocos días después de esto, obtuve de nuevo la admisión en Las Tumbas y recorrí los pasillos en busca de Bartleby; pero sin encontrarlo.

«Le vi salir de su celda no hace mucho», dijo un carcelero, «puede que haya ido a deambular por los patios».

Así que fui en esa dirección.

"Are you looking for the silent man?" said another turnkey passing me. "Yonder he lies—sleeping in the yard there. 'Tis not twenty minutes since I saw him lie down."

The yard was entirely quiet. It was not accessible to the common prisoners. The surrounding walls, of amazing thickness, kept off all sounds behind them. The Egyptian character of the masonry weighed upon me with its gloom. But a soft imprisoned turf grew under foot. The heart of the eternal pyramids, it seemed, wherein, by some strange magic, through the clefts, grass-seed, dropped by birds, had sprung.

Strangely huddled at the base of the wall, his knees drawn up, and lying on his side, his head touching the cold stones, I saw the wasted Bartleby. But nothing stirred. I paused; then went close up to him; stooped over, and saw that his dim eyes were open; otherwise he seemed profoundly sleeping. Something prompted me to touch him. I felt his hand, when a tingling shiver ran up my arm and down my spine to my feet.

The round face of the grub-man peered upon me now. "His dinner is ready. Won't he dine to-day, either? Or does he live without dining?"

"Lives without dining," said I, and closed his eyes.

"Eh!—He's asleep, aint he?"

"With kings and counselors," murmured I.

***

«¿Busca al hombre silencioso?», dijo otro carcelero que pasaba a mi lado. «Allí yace, durmiendo en el patio. No hace ni veinte minutos que le vi acostarse».

El patio estaba totalmente tranquilo. No era accesible a los prisioneros comunes. Los muros que lo rodeaban, de un grosor asombroso, mantenían alejados todos los sonidos tras ellos. El carácter egipcio de la mampostería me pesaba con su penumbra. Pero un suave césped aprisionado crecía bajo los pies. Parecía el corazón de las pirámides eternas, donde, por alguna extraña magia, a través de las hendiduras, habían brotado semillas de hierba, dejadas caer por los pájaros.

Extrañamente acurrucado en la base del muro, con las rodillas recogidas y acostado de lado, con la cabeza tocando las frías piedras, vi al consumido Bartleby. Pero nada se movía. Hice una pausa, luego me acerqué a él, me incliné y vi que sus ojos oscuros estaban abiertos; por lo demás, parecía profundamente dormido. Algo me impulsó a tocarle. Palpé su mano y un estremecimiento recorrió mi brazo y bajó por mi columna vertebral hasta mis pies.

La cara redonda del hombre de los guisos se asomó ahora sobre mí. «Su cena está lista. ¿Tampoco cenará hoy? ¿O vive sin cenar?».

«Vive sin cenar», le dije, y cerré los ojos.

«¡Eh...! Está dormido, ¿no?».

«Con reyes y consejeros», murmuré.

***

There would seem little need for proceeding further in this history. Imagination will readily supply the meager recital of poor Bartleby's interment. But ere parting with the reader, let me say, that if this little narrative has sufficiently interested him, to awaken curiosity as to who Bartleby was, and what manner of life he led prior to the present narrator's making his acquaintance, I can only reply, that in such curiosity I fully share, but am wholly unable to gratify it. Yet here I hardly know whether I should divulge one little item of rumor, which came to my ear a few months after the scrivener's decease. Upon what basis it rested, I could never ascertain; and hence, how true it is I cannot now tell. But inasmuch as this vague report has not been without certain strange suggestive interest to me, however sad, it may prove the same with some others; and so I will briefly mention it. The report was this: that Bartleby had been a subordinate clerk in the Dead Letter Office at Washington, from which he had been suddenly removed by a change in the administration. When I think over this rumor, I cannot adequately express the emotions which seize me. Dead letters! does it not sound like dead men? Conceive a man by nature and misfortune prone to a pallid hopelessness, can any business seem more fitted to heighten it than that of continually handling these dead letters, and assorting them for the flames? For by the cart-load they are annually burned. Sometimes from out the folded paper the pale clerk takes a ring:—the finger it was meant for, perhaps, moulders in the grave; a bank-note sent in swiftest charity:—he whom it would relieve, nor eats nor hungers any more; pardon for those who died despairing; hope for those who died unhoping; good tidings for those who died stifled by unrelieved calamities. On errands of life, these letters speed to death.

Ah Bartleby! Ah humanity!

Parecería poco necesario proseguir con esta historia. La imaginación suplirá fácilmente el exiguo recital del entierro del pobre Bartleby. Pero antes de despedirme del lector, permítame decirle que si esta pequeña narración le ha interesado lo suficiente como para despertar la curiosidad por saber quién era Bartleby y qué tipo de vida llevaba antes de que el presente narrador le conociera, sólo puedo responderle que comparto plenamente esa curiosidad, pero que soy totalmente incapaz de satisfacerla. Sin embargo, a este respecto no sé si divulgar un pequeño rumor que llegó a mis oídos unos meses después del fallecimiento del escribiente. Nunca pude averiguar en qué se basaba y, por lo tanto, ahora no puedo decir hasta qué punto es cierto. Pero en la medida en que este vago informe no ha carecido para mí de cierto extraño interés sugestivo, por triste que sea, puede que resulte igual para algunos otros; y por eso lo mencionaré brevemente. El informe era el siguiente: que Bartleby había sido un empleado con un cargo poco importante en la Oficina de Cartas Muertas [cartas que no pueden ser entregadas al destinatario ni devueltas al remitente], en Washington; puesto del que había sido retirado repentinamente por un cambio en la administración. Cuando pienso en este rumor, no puedo expresar adecuadamente las emociones que me embargan. ¡Cartas muertas! ¿No suena a hombres muertos? Conciba a un hombre por naturaleza y desgracia propenso a una pálida desesperanza, ¿puede algún negocio parecer más apropiado para intensificarla que el de ocuparse continuamente de estas cartas muertas y clasificarlas para las llamas? Pues se queman anualmente por montones. A veces, de entre el papel doblado, el pálido empleado saca un anillo... el dedo para el que estaba destinado, tal vez, se enmohece en la tumba; un billete de banco enviado en la más rápida caridad... aquel a quien aliviaría ya no come ni tiene hambre; perdón para los que murieron desesperados; esperanza para los que murieron sin esperanza; buenas nuevas para los que murieron sofocados por calamidades no aliviadas. En los recados de la vida, estas cartas se apresuran hacia la muerte.

¡Ah, Bartleby! ¡Ah, humanidad!

Rosetta Edu

CLÁSICOS EN ESPAÑOL

Esperamos que haya disfrutado esta lectura. ¿Quiere leer otra obra de nuestra colección de *Clásicos en español*?

En nuestro Club del Libro encontrarás artículos relacionados con los libros que publicamos y la literatura en general. ¡Suscríbete en nuestra página web y te ofrecemos un ebook gratis por mes!

Recibe tu copia totalmente gratuita de nuestro *Club del libro* en rosettaedu.com/pages/club-del-libro

Rosetta Edu

CLÁSICOS EN ESPAÑOL

Una habitación propia se estableció desde su publicación como uno de los libros fundamentales del feminismo. Basado en dos conferencias pronunciadas por Virginia Woolf en colleges para mujeres y ampliado luego por la autora, el texto es un testamento visionario, donde tópicos característicos del feminismo por casi un siglo son expuestos con claridad tal vez por primera vez.

Oscar Wilde escribe una sola novela, *El retrato de Dorian Gray*; ésta fue el objeto de una crítica moralizante mordaz por parte de sus contemporáneos que no pudieron ver que dentro de una trama perfectamente compuesta se escondía toda la tragedia del romanticismo. Cien años después no ha perdido su impacto original y sigue siendo un texto fundamental para los debates sobre la estética y la moral.

Otra vuelta de tuerca es una de las novelas de terror más difundidas en la literatura universal y cuenta una historia absorbente, siguiendo a una institutriz a cargo de dos niños en una gran mansión en la campiña inglesa que parece estar embrujada. Los detalles de la descripción y la narración en primera persona van conformando un mundo que puede inspirar genuino terror.

Rosetta Edu

EDICIONES BILINGÜES

En una atmósfera constante de misterio y amenaza, *El corazón de las tinieblas* narra el peligroso viaje de Marlow por un río (sin duda el Congo aunque no es nombrado en el relato) africano. Lo que el marino puede observar en su viaje le horroriza, le deja perplejo, y pone en tela de juicio las bases mismas de la civilización y la naturaleza humana.

Durante décadas, y acercándose a su centenario, *El gran Gatsby* ha sido considerada una obra maestra de la literatura y candidata al título de «Gran novela americana» por su dominio al mostrar la pura identidad americana junto a un estilo distinto y maduro. La edición bilingüe permite apreciar los detalles del texto original y constituye un paso obligado para aprender el inglés en profundidad.

En *La señora Dalloway* Virginia Woolf relata un día en la vida de Clarissa Dalloway, una señora de la clase alta casada con un miembro del parlamento inglés, y de un ex-combatiente que lucha contra su enfermedad mental. La innovación de la novela es la corriente de consciencia: Woolf sigue el pensamiento de cada personaje, siendo excelente a la hora de narrar emociones, asociaciones y sentimientos.

rosettaedu.com